新・知らぬが半兵衛手控帖

# 天眼通

藤井邦夫



双葉文庫

目次

# 天眼通

## 新・知らぬが半兵衛手控帖

江戸町奉行所には、与力二十五騎、同心百二十人がおり、南北合わせて三百人ほどの人数がいた。その中で捕物、刑事事件を扱う同心は所謂《いわゆる》〝三廻り同心〟と云い、各奉行所に定町廻り同心六名、臨時廻り同心六名、隠密廻り同心二名とされていた。

臨時廻り同心は、定町廻り同心の予備隊的存在だが職務は全く同じである。そして、定町廻り同心を長年勤めた者がなり、指導、相談に応じる先輩格でもあった。

# 第一話　孤老剣

## 一

不忍池《しのばずのいけ》には水鳥が遊び、水飛沫《みずしぶき》が煌《きら》めいていた。

非番の白縫半兵衛《しらぬいはんべえ》は、着流し姿で供花《くげ》を手にして不忍池の畔《ほとり》をやって来た。そして、茅町《かやちょう》二丁目の辻を寺の連《つら》なる西に曲がった。

寺の連なる西に進むと、金沢《かなざわ》藩江戸上屋敷と水戸《みと》藩江戸中屋敷の裏に出る。

半兵衛は、その手前にある祥慶寺《しょうけいじ》の山門を潜《くぐ》った。

祥慶寺の墓地には、住職の宗庵《そうあん》の読む経が流れ、線香の紫煙《しえん》が漂《ただよ》っていた。

半兵衛は、奥にある苔《こけ》むした小さな墓に供花を飾り、線香を供《そな》えて手を合わせた。

初産《ういざん》で死んだ妻の顔が浮かんだ。

妻の顔は、死んだ時の若いままだった。
今の半兵衛とは、父娘のような年頃になる。
俺は歳を取る一方だ……。
半兵衛は苦笑した。
住職の宗庵の経が終わった。
半兵衛は、住職の宗庵の方を眺《なが》めた。
住職の宗庵は、真新しい墓の前で羽織袴《はおりはかま》の老武士と挨拶《あいさつ》を交わしていた。
白髪頭《しらがあたま》で背筋の伸びた老武士……。
半兵衛は見守った。
住職の宗庵は、老武士と挨拶をした後、半兵衛に一礼した。
半兵衛は、黙礼して挨拶を交わした。
住職の宗庵は、庫裏《くり》に戻って行った。
半兵衛と老武士は、頭を下げて住職の宗庵を見送った。
不忍池の畔に木洩《こも》れ日《び》が揺れた。
半兵衛と老武士は、不忍池の畔にある茶店で茶を飲んだ。

「奥さまの月命日ですか……」

「ええ。老妻は一ヶ月前に心の臓の病で亡くなりましてね……」

「それはそれは……」

「おぬしは……」

「私も大昔に妻を亡くしましてね。久し振りの墓参りですよ」

「大昔……」

老武士は、白髪眉をひそめた。

「ええ。初めての子を死産しましてね。その時に……」

「それはお気の毒な……」

老武士は、半兵衛に同情した。

「以来、一人暮らしですよ」

半兵衛は苦笑した。

「ならば、一人暮らしの先達《せんだつ》ですな」

老武士は、感心したように頷《うなず》いた。

「御貴殿、御家族や奉公人は……」

半兵衛は、微《かす》かな戸惑いを覚えた。

「半年前にさる大身旗本家から暇《ひま》を出されましてね。以来、長屋での浪人暮らし。一人娘は既《すで》に他家に嫁《とつ》いでおります」

老武士は、穏《おだ》やかな眼差しで不忍池を眺めながら茶を飲んだ。

「左様《さよう》でしたか、それは御無礼致しました」

半兵衛は詫《わ》びた。

「いえ。既に隠居《いんきょ》の歳。宮仕《みやづか》えにも飽き、独りで気儘《きまま》に暮らしていますよ」

老武士は笑った。


老武士は、半兵衛に深々と一礼して立ち去った。

その後ろ姿は背筋が伸び、油断のない落ち着いた足取りだった。

かなりの遣《つか》い手《て》……。

半兵衛は、眩《まぶ》しげに眼を細めて見送った。

風が吹き抜け、不忍池の水面《みなも》に小波《さざなみ》が走った。

暗い淡路坂《あわじざか》の上に提灯《ちょうちん》の明かりが浮かんだ。

中年の武士は、手にした提灯で足許を照らしながら淡路坂を下りて来た。

頭巾《ずきん》を被《かぶ》った着流しの武士が現れ、落ち着いた足取りで淡路坂を上がって来た。

中年の武士と頭巾を被った着流しの武士は擦《す》れ違《ちが》った。

刹那《せつな》、頭巾を被った着流しの武士は、僅《わず》かに腰を沈めて抜き打ちの一刀を放った。

閃光《せんこう》が走り、肉を斬る鈍《にぶ》い音がした。

中年の武士は腹を斬られて斃《たお》れ、落ちた提灯は燃え上がった。

頭巾を被った着流しの武士は、刀を鞘《さや》に納めて淡路坂を下り始めた。

燃える提灯の炎は、斬り殺された中年の武士の死に顔を照らして消えた。

淡路坂は闇に覆《おお》われた。

頭巾を被った着流しの武士は、淡路坂を下りて闇に消え去った。


非番の北町奉行所は表門を閉め、人々は脇の潜《くぐ》り戸《ど》から出入りをしていた。

用部屋の障子《しょうじ》には、木洩れ日が揺れていた。

「お呼びですか……」

半兵衛は、吟味方与力《ぎんみかたよりき》大久保忠左衛門《おおくぼちゅうざえもん》の用部屋を訪れた。

「おお、来たか半兵衛。まあ、入るが良い」

忠左衛門は、筋張《すじば》った細い首を伸ばして半兵衛に笑い掛けた。

「はあ……」

半兵衛は、用部屋に入って忠左衛門と向かい合った。

「半兵衛。昨夜、勘定組頭《かんじょうくみがしら》の菅原一之進《すがわらいちのしん》が何者かに斬り殺されてな」

忠左衛門は告げた。

「ほう。勘定組頭の菅原一之進……」

半兵衛は眉をひそめた。

「刀も抜かず、一太刀《ひとたち》で斬《き》り棄《す》てられていたそうだ」

忠左衛門は声を潜《ひそ》めた。

「斬ったのは、かなりの遣い手ですな……」

半兵衛は睨《にら》んだ。

「うむ。どうやら擦れ違い態《ざま》に斬られたようだが、刀も抜かずに殺されるとは、情けない奴だ」

忠左衛門は、腹立たしげに吐き棄てた。

武士が皆、剣を得意にしている訳ではない。

「して……」

半兵衛は苦笑した。

「うむ。菅原一之進、駿河台《するがだい》にある勘定奉行青山頼母《あおやまたのも》さまのお屋敷に行った帰りだった」

「菅原一之進の屋敷は……」

「三味線堀《しゃみせんぼり》の出羽《でわ》国久保田《くぼた》藩江戸上屋敷の裏手だそうだ」

「そうですか……」

「それでだ、半兵衛。斬り棄てられた菅原一之進、いろいろと悪い噂《うわさ》があったそうでな。町方の者にも恨《うら》みを買っていた……」

「ならば、町方の者が……」

半兵衛は眉をひそめた。

「分からぬ。それ故、お目付《めつけ》の土屋《つちや》さまが菅原一之進の身辺を秘かに調べてみてくれとの仰《おお》せだ」

忠左衛門は、筋張った細い首を伸ばした。

「分かりました。では……」

半兵衛は、忠左衛門に挨拶をして用部屋を出た。

「半兵衛、何か分かった時は、先《ま》ずは儂《わし》に報《しら》せるのだぞ。分かったな、半兵衛……」

忠左衛門は、簡単に引き受けた半兵衛に物足らなさを感じ、思わず怒鳴った。

浅草《あさくさ》三味線堀の周囲には、大名屋敷と旗本屋敷が連なっていた。

勘定組頭菅原一之進の屋敷は、久保田藩江戸上屋敷の裏手にあり、表門を閉じていた。

半兵衛は、半次《はんじ》や音次郎《おとじろう》と共に菅原屋敷を眺めた。

「夜明けに淡路坂で見付かり、病死も頓死《とんし》も装《よそお》えなかったか……」

半兵衛は苦笑した。

「ええ。刀を抜き合わせずに斬り殺されたと、直《す》ぐに広まったそうですよ」

半次は、淡路坂界隈《かいわい》の旗本屋敷の中間小者《ちゅうげんこもの》に聞き込んで来ていた。

「武士の風上《かざかみ》にも置けぬ虚《うつ》けに戯《たわ》け。菅原一之進、もう、散々に云《い》われ放題ですぜ。殺されたってのに……」

音次郎は、菅原一之進に同情した。

「音次郎、武士ってのは見栄《みえ》が大事な哀《あわ》れな生き物だ。だが、菅原が町方の者の恨みを買っていたとなると話は別だ。その辺りを詳しく調べてみるよ」

半兵衛は命じた。

菅原一之進は、三百石取りの旗本で勘定組頭の役目に就《つ》いていた。

勘定組頭は、勘定奉行の配下として勘定衆を監督するのが役目だった。

勘定奉行は老中支配であり、幕府直轄地の代官《だいかん》や郡代《ぐんだい》を監督し、収税、出納《すいとう》など幕府財政と行政を司《つかさど》った。そして、常時四、五名おり、訴訟を扱う公事方《くじかた》と財政を扱う勝手方《かってかた》に分かれていた。

菅原一之進は、勝手方の勘定奉行青山頼母配下の勘定組頭として働いていた。

半次と音次郎は、菅原屋敷周辺の旗本屋敷の中間小者に聞き込みを掛けた。

「菅原さまですか……」

斜向《はすむ》かいの旗本屋敷の下男《げなん》は、興味深そうに眼を輝かせた。

「ええ。どんな方でしたかね」

半次は尋ねた。

「親分さん。菅原さま、刀も抜かずに命乞《いのちご》いをしながら逃げ廻った挙句《あげく》、一太刀で斬り殺されたってのは、本当なんですかい……」

面白そうに尋ねる下男の話には、尾鰭《おひれ》が付き始めていた。

「えっ。いえ、逃げ廻ったとは聞いちゃあいませんぜ」

半次は苦笑した。

「本当ですか……」

下男は、疑わしそうな眼を向けてきた。

「ひょっとしたら何ですかい、菅原さまは命乞いをして逃げ廻るようなお人だったんですか……」

半次は読んだ。

「ええ、まあ。狡賢《ずるがしこ》いと云うか、上に取り入り、都合の悪い事からは逃げ廻るって専《もっぱ》らの評判でしてね」

下男は笑った。

「へえ、そんなお人なんですかい……」

半次は、菅原の人柄の一片を知った。

「それで、菅原さまのお屋敷、どんな風なんですか……」

音次郎は、菅原屋敷に出入りを許されている酒屋の手代《てだい》に尋ねた。

「どんな風って。菅原さま、そりゃあ偉そうで、奥さまやお子さま、奉公人をいつも怒鳴っていましたよ。ですからお屋敷、菅原さまがおいでの時はぴりぴり、いない時には笑い声が溢《あふ》れているって奴ですよ」

手代は眉をひそめた。

「へえ、そんなに偉そうだったんですか……」

「ええ。ですが、そんな菅原さまが逃げ廻り、泣いて命乞いをしたってんだから……」

手代は苦笑した。

「えっ。逃げ廻り、泣いて命乞いをしたんですか……」

音次郎は、思わず訊き返した。

「ええ。そう聞きましたが、違うんですか……」

手代は、戸惑いを浮かべた。

「さあ。あっしも初めて聞く話でしてね」

音次郎は首を捻《ひね》った。

菅原一之進は、刀を抜きもせずに逃げ廻り、土下座をして泣いて命乞いをしたが、聞き入れられずに斬り棄てられた……。

菅原屋敷の周辺や出入りの者の間には、様々な尾鰭の付いた話が広まっていた。

「逃げ廻り、土下座をして泣いて命乞いをしたか……」

半兵衛は眉をひそめた。

「ええ。話にはいろいろな尾鰭が付いて来ていますよ」

半次は苦笑した。

「家族や奉公人には、いつも偉そうに怒鳴り付けていたそうですがね」

音次郎は首を捻った。

「ま、逃げ廻り、土下座をして泣いて命乞いをしたって尾鰭。案外、菅原さまの人柄を言い当てているのかもしれませんね」

半次は読んだ。

「うん。世間の噂、話の尾鰭か……」

半兵衛は苦笑した。

「ええ。狡猾《こうかつ》な人だったそうですからね」

「で、その狡猾さが、町方の者を苦しめ、恨みを買っているような事はないかだな」

半兵衛は読んだ。

「はい……」

半次と音次郎は頷いた。

「よし。半次と音次郎はその辺をな。私は知り合いの勘定衆に菅原の事を訊いてみる」

半兵衛は、それぞれのやる事を決めた。


本郷御弓町《ほんごうおゆみちょう》の旗本屋敷街は、昼下がりの静けさに覆われていた。

半兵衛は、若い頃からの友人である勘定衆の岸本弥之助《きしもとやのすけ》の屋敷を訪れた。

岸本弥之助は、折良く非番で屋敷にいた。

半兵衛は、出された茶を飲みながら岸本が座敷に来るのを待った。

「どうした半兵衛、久し振りだな」

岸本は、煙草盆《たばこぼん》を手にして座敷に入って来た。

「うん。ちょいと訊きたい事があってな」

「組頭の菅原一之進さまの事か……」

岸本は、菅原一之進が殺された事を既に知っていた。

「うむ。誰かに恨みを買っていなかったか……」

半兵衛は、小細工なしに尋ねた。

「旗本御家人は町奉行所の支配違いだが……」

岸本は苦笑した。

「恨んでいる者が町方かもしれぬと、目付の土屋さまが云って来てな」

「そうか……」

岸本は、煙管《きせる》に煙草を詰め、煙草盆の火を付けて煙を吐いた。

半兵衛は、出された茶を飲んだ。

「組頭の菅原一之進、御奉行の青山頼母さまの腰巾着《こしぎんちゃく》でな。狡猾で威張り腐った嫌な奴だ」

岸本は吐き棄てた。

「配下に恨まれているか……」

「ああ。配下の若い奴や年寄りに嫌味《いやみ》を云ったり、口汚く罵《のの》しり、苛《いじ》めているからな。恨んでいる者は多いが……」

岸本は眉をひそめた。

「殺そうって奴迄《まで》はいないか……」

　半兵衛は読んだ。

「ああ。所詮《しょせん》、御奉行の青山頼母あっての組頭の菅原一之進だ。そんな奴を斬る程、志《こころざし》のある奴は、今の勘定衆には俺を含めていない」

　岸本は、自嘲《じちょう》の笑みを浮かべた。

「ならば、弥之助。菅原一之進を恨んでいる奴は、御奉行の青山頼母も恨んでいるかもしれぬな」

　半兵衛は読んだ。

「半兵衛、菅原一之進を斬った奴の本当の狙いは、そっちかもな……」

　岸本は、冷ややかに告げた。

「御奉行の青山頼母か……」

「ああ。切れ者と評判だが、自分に都合の悪い者は、何らかの罪を背負わせて切り棄てる。冷酷非情な奴だ。菅原もそんな奴の組頭をやっていれば、配下の若い奴や年寄りを嫌味を云って苛めたくなるかもな……」

　岸本は苦笑した。

「恨みの元は青山頼母……」

半兵衛は、厳しさを滲《にじ》ませた。

「ああ。青山頼母、諫言《かんげん》をする祖父の代からの忠義の家来を煙たがり、暇を出すような奴だからな」

「諫言をする祖父の代からの家来……」

半兵衛は眉をひそめた。

「うむ……」

「姓名は……」

「暇を出された家来か……」

「ああ……」

「確か夏目《なつめ》とか云ったかな……」

「夏目、名は……」

「さあ。そこ迄はな……」

岸本は首を捻った。

「そうか……」

半兵衛は、何故か勘定奉行青山頼母が暇を出した家来の夏目某《なにがし》が気になった。

菅原一之進を恨んでいる奴は、青山頼母も恨んでいる……。

半兵衛は、岸本弥之助の言葉を思い浮かべながら神田川《かんだがわ》に架かっている水道橋《すいどうばし》を渡った。そして、水道橋の袂《たもと》を東に曲がり、神田川沿いの道を進んだ。

その先は、昌平橋《しょうへいばし》のある神田八《や》ツ小路《こうじ》に続いている。

半兵衛は、太田姫稲荷《おおたひめいなり》の手前を南に曲がった。

此《こ》の辺りだ……。

半兵衛は、連なる旗本屋敷を眺めた。

文箱《ふばこ》を持った若侍がやって来た。

半兵衛は、若侍を呼び止めて勘定奉行青山頼母の屋敷が何処《どこ》か尋ねた。


青山屋敷は表門を閉め、静けさに包まれていた。

此処《ここ》か……。

半兵衛は、青山頼母の屋敷の前に佇《たたず》み、周囲を窺《うかが》った。

青山屋敷の周囲に不審な者はいなく、その気配もなかった。

「あの……」

背後から怪訝《けげん》な声が掛けられた。

半兵衛は振り返った。

荷物を手にした初老の小者が、半兵衛に厳しい眼を向けていた。

「やあ。おぬしは青山屋敷の者か……」

「左様にございますが……」

「うん。そうだ。御家中の夏目どのを訪ねて来たのだが……」

「えっ。夏目嘉門《かもん》さまですか……」

「夏目嘉門……」

青山頼母に暇を出された家来は、夏目嘉門と云う姓名だった。

「はい。あの、夏目さまは随分前に、青山家から暇を出されまして……」

初老の小者は眉をひそめた。

「暇をねえ。して、夏目どのは今何処に……」

「さあ。そこ迄は存じません」

初老の小者は首を捻った。

「そうか。造作を掛けたな……」

半兵衛は、青山屋敷を離れて淡路坂を下った。

半兵衛は、淡路坂を下って綺麗《きれい》に掃除のされた処《ところ》に立ち止まった。

砂が撒《ま》かれ、綺麗に掃除のされた処は、菅原一之進が斬り殺された場所なのだ。

半兵衛は、辺りを見廻した。

菅原は淡路坂を下りて来た……。

おそらく斬った者は、淡路坂を上がって来た。そして、擦れ違い態に抜き打ちの一刀を放った。

菅原は、逃げ廻り、土下座して泣いて命乞いをする暇もなく、一太刀で斬り殺された。

かなりの手練《てだ》れだ……。

半兵衛は読んだ。

淡路坂の下から風が吹き抜け、半兵衛の巻羽織《まきばおり》の背が膨《ふく》らんだ。

二

浅草広小路《あさくさひろこうじ》は、金龍山浅草寺《きんりゆうざんせんそうじ》の参拝客と隅田川《すみだがわ》に掛かっている吾妻橋《あづまばし》を渡る人々で賑《にぎ》わっていた。

勘定組頭の菅原一之進は、浅草東仲町《ひがしなかちょう》にある唐物屋《からものや》『和蘭陀堂《おらんだどう》』の主《あるじ》の吉兵衛《きちべえ》と親しく付き合っていた。

半次と音次郎は、浅草広小路に面した東仲町の唐物屋『和蘭陀堂』を訪れた。

唐物屋『和蘭陀堂』の店内には、南蛮《なんばん》渡りの織物や玻璃《はり》の壺《つぼ》、瓶子《へいじ》、皿、様々な舶来品《はくらいひん》が並べられ、客が物珍しそうに眺めていた。

「帳場《ちょうば》にいるのは番頭ですかね……」

音次郎は、帳場にいる中年の男を番頭と睨んだ。

「きっとな。旦那の吉兵衛、店先にはいないようだな」

半次と音次郎は、『和蘭陀堂』の店内を窺った。

「よし。旦那の吉兵衛、どんな奴か聞き込んで来る。此処を頼むぜ」

「はい……」

半次は、音次郎を唐物屋『和蘭陀堂』に残して聞き込みに向かった。

「和蘭陀堂の吉兵衛旦那ですか……」

浅草東仲町の木戸番は訊き返した。

「ええ。どんな人かな……」

半次は訊いた。

「あっしは良く知りませんが、噂じゃあ、商売上手の遣《や》り手《て》だそうですよ」

木戸番は告げた。

「じゃあ、和蘭陀堂、繁盛《はんじょう》しているんですかい……」

「ええ。店に来る客よりも、旦那がお得意先を廻って商売をして稼《かせ》いでいるとか……」

「お得意先をね……」

「ええ。数寄者《すきもの》の大店《おおだな》の旦那や御隠居、旗本のお殿さまやら、いろいろいるそうですよ」

「成《な》る程《ほど》ねえ……」

半次は感心した。

「あっ。吉兵衛旦那ですよ」

木戸番は、風呂敷包みを持った手代を従えて来る羽織姿の初老の男を示した。

「あの旦那ですか……」

「ええ……」

羽織姿の初老の男が、唐物屋『和蘭陀堂』吉兵衛だった。

半次は見定めた。

吉兵衛は、手代を従えて唐物屋『和蘭陀堂』に向かって行った。

吉兵衛と手代は、唐物屋『和蘭陀堂』の暖簾《のれん》を潜った。

「お帰りなさいませ……」

帳場にいた番頭や手代たちが、入って来た羽織姿の初老の男と手代を迎えた。

旦那の吉兵衛だ……。

音次郎は気が付いた。

「和蘭陀堂吉兵衛だ……」

半次は、背後に戻っていた。

「ええ……」

音次郎は頷いた。

吉兵衛は、番頭を連れて奥に入って行った。

「どうやら、お得意先廻りをして来たようだ」

半次は読んだ。

「お得意先廻りですか……」

「ああ。数寄者の大店の旦那や隠居、旗本の殿さまがお得意様らしいぜ」

「じゃあ、菅原一之進も得意先だったんですかね……」

「菅原一之進、数寄者だったとは思えないが、人は見掛けによらないからな……」

半次は眉をひそめた。

囲炉裏《いろり》の火は燃えた。

「さあ。美味《うま》い鳥鍋が出来るぞ……」

半兵衛は、囲炉裏の五徳《ごとく》に鳥鍋を掛けて嬶座《かかざ》に座った。

「どうぞ……」

客座に座っていた半次は、湯呑茶碗《ゆのみぢゃわん》に酒を満たして半兵衛に差し出した。

「おう……」

半兵衛は、鳥鍋の様子を見て湯呑茶碗の酒を美味そうに飲んだ。

半次と木尻《きじり》に座っている音次郎が続いた。

「して、菅原一之進を恨んでいる町方の者はいたかな……」

「恨んでいる者は未《ま》だですが、親しく付き合っている奴はおりました」

「何処の何者だい……」

「浅草東仲町の唐物屋和蘭陀堂の主の吉兵衛です」

半次は告げた。

「唐物屋和蘭陀堂の吉兵衛……」

半兵衛は眉をひそめた。

「はい。得意先の数寄者の屋敷に珍しい唐物を持ち込んで売っているそうでしてね。かなりの商売上手だって噂ですよ」

半次は告げた。

「ほう、菅原一之進、唐物好みの数寄者とは思えぬが、唐物屋和蘭陀堂の吉兵衛と親しく付き合っているのか……」

半兵衛は酒を飲んだ。

音次郎は、半兵衛の湯呑茶碗に酒を注いだ。

「はい。拘《かか》わりの仔細《しさい》やどんな付き合いかなどは、此《これ》からですが……」

「そうか。ま、充分、気を付けてな……」

「はい……」

「して、勘定衆に菅原一之進を恨んでいる者がいないか、ちょいと調べたんだがね。菅原は勿論《もちろん》恨まれていたが、勘定奉行の青山頼母もかなり恨みを買っているようだよ」

　半兵衛は苦笑した。

「へえ。勘定奉行さまもですか……」

　音次郎は眉をひそめた。

「勘定奉行の青山さまと云えば、菅原一之進さまは昨夜、駿河台の青山さまのお屋敷からの帰りに淡路坂で斬り殺されたんですよね」

　半次は、厳しさを滲ませた。

「うむ……」

　半兵衛は頷いた。

「旦那、菅原さまを斬った奴、ひょっとしたら勘定奉行の青山さまも狙っているんじゃありませんかね」

　半次は読んだ。

「ああ……」

　半兵衛は、小さな笑みを浮かべて湯呑茶碗の酒を飲んだ。

　鳥鍋から湯気が上がり始めた。

「おっ、そろそろ出来るぞ。先ずは腹拵《はらごしら》えをしてからだ」

半兵衛は、酒の入った湯呑茶碗を置き、椀《わん》と箸《はし》を手に取った。

勘定組頭菅原一之進の次は、勘定奉行の青山頼母が命を狙われるのかもしれない。

半兵衛は、菅原一之進を斬った者の割り出しを続けると共に青山頼母を調べ始めた。


菅原一之進は、唐物屋『和蘭陀堂』吉兵衛とどのような拘わりなのか……。

半次と音次郎は、唐物屋『和蘭陀堂』を見張った。

唐物屋『和蘭陀堂』吉兵衛は、番頭や手代たちに何事かを指図《さしず》していた。

「お得意先廻りは昼からなんですかね」

音次郎は読んだ。

「きっとな……」

半次は頷いた。

吉兵衛は、指図を終えて奥に入って行った。

番頭と手代たちは、打ち合わせをして各々《おのおの》の仕事を始めた。

一人の手代が、風呂敷包みを抱えて『和蘭陀堂』から出て来た。

「音次郎、此処を頼むぜ」

半次は、風呂敷包みを抱えた手代を追った。


浅草広小路は、金龍山浅草寺に参拝や遊びに来た者で賑わい始めていた。

手代は、広小路の人込みを足早に西に向かった。

西には東本願寺《ひがしほんがんじ》があり、新寺町《しんてらまち》が続いて上野御山内《うえのごさんない》になる。

何処かに品物を届けに行く……。

半次は読み、後を尾行《つけ》た。


手代は、東本願寺の前を通り、新寺町に連なる寺の一軒の山門を潜った。

半次は、山門から見送った。

手代は、寺の庫裏に入って行った。

僅かな刻が過ぎた。

手代が庫裏から出て来た。

よし……。

半次は、山門から出て行こうとする手代を呼び止めた。

「は、はい……」

手代は、怪訝な面持《おもも》ちで立ち止まった。

半次は、手代を境内《けいだい》の木陰に誘い、懐《ふところ》の十手《じって》を見せた。

手代は緊張した。

「此の寺の住職が買った唐物を届けに来たのかい……」

「は、はい。親分さん、何か……」

手代は、戸惑いを浮かべた。

「うん。和蘭陀堂の吉兵衛の旦那、勘定組頭の菅原一之進さまと親しいと聞いたが、本当かい……」

「え、ええ……」

手代は頷いた。

「どんな風に親しかったんだい……」

「それは……」

手代は、迷い躊躇《ためら》った。

半次は、手代に素早く小粒《こつぶ》を握らせた。

「さあ……」

半次は促《うなが》した。

「す、菅原さまは、玻璃の瓶子や皿、唐天竺《からてんじく》の織物などを欲しがっている御武家さまを旦那さまに御紹介下さっているのです」

手代は、小粒を握り締めて告げた。

「客の紹介……」

半次は眉をひそめた。

「はい……」

「で、菅原さまは口利《くちき》き料《りよう》を貰《もら》うのかな」

「はい。幾らかは存じませんが……」

「成る程、そう云う仲か……」

菅原一之進と吉兵衛は、金儲《かねもう》けで繋《つな》がっている間柄だった。

「あの、手前は此で……」

手代は、怯《おび》えたように辺りを見廻した。

「ああ。足を止めさせて悪かったね……」

半次は、手代を解放した。

手代は小粒を固く握り締めて、来た道を戻り始めた。

唐物屋の和蘭陀堂に帰る……。

半次は、唐物屋『和蘭陀堂』に向かった。


浅草三味線堀久保田藩江戸上屋敷裏の菅原屋敷は、主を亡くして表門を閉めたままだった。

菅原家は、主の一之進の無様《ぶざま》な死を咎《とが》められ、幼い倅《せがれ》への家督相続は評定所《ひょうじょうしょ》扱いになっていた。

下手《へた》をすれば取《と》り潰《つぶ》しもあり得る……。

半兵衛は読んだ。

一之進は身から出た錆《さび》かもしれないが、残された家族は気の毒だ。

半兵衛は、家族を哀れんだ。

菅原一之進を恨んでいる剣の手練れ……。

半兵衛は捜した。

菅原の周囲に恨んでいる者は幾らでもいるが、剣の手練れは浮かばなかった。

斬った剣の手練れは、恨んでいる者に肩入れしたのか、金で雇われたのか……。

半兵衛は読み、菅原一之進を斬った手練れの割り出しを急いだ。

唐物屋『和蘭陀堂』には、浅草に遊びに来た者たちが物珍しそうに立ち寄っていた。

「へえ。殺された菅原一之進、吉兵衛に御武家のお客を引き合わせては、口利き料を貰っていたんですか……」

音次郎は感心した。

「うん。どうやらそうらしい……」

半次は頷いた。

「じゃあ、その口利き料で揉《も》めて、吉兵衛が手練れを雇ったのかも……」

音次郎は読んだ。

「あり得るかもしれないが、殺せば口利きをしてくれる者がいなくなり、客が減って儲けも減る。それでも殺《や》るかな……」

「そうか……」

音次郎は眉をひそめた。

「音次郎……」

半次は、唐物屋『和蘭陀堂』から出て来る吉兵衛を示した。

吉兵衛は、番頭や手代たち奉公人に見送られて東本願寺に向かった。

「追うよ……」

「合点《がってん》です」

半次と音次郎は、吉兵衛を尾行《つけ》た。

吉兵衛は、軽い足取りで進んだ。

菅原一之進が斬り殺された事と拘わりはないのか……。

半次は、微かな戸惑いを覚えた。


淡路坂を上がった処には太田姫稲荷があり、旗本屋敷の連なりが広がっていた。

半兵衛は、太田姫稲荷の境内の隅にある茶店から青山屋敷を眺めた。

青山屋敷には、家来や奉公人たちが出入りしていた。

半兵衛は茶を啜《すす》った。

「御役人さま、お侍が淡路坂で斬り殺された一件を調べているんですか……」

茶店の老亭主は、巻羽織の半兵衛に声を掛けて来た。

「う、うむ……」

「殺されたお侍、青山さまのお屋敷からの帰りだったそうですね」

老亭主は、眼を細めて青山屋敷を眺めた。

「ああ。良く知っているね」

半兵衛は苦笑した。

「青山さまの御家来衆が時々、お見えになりますので……」

「そうか……」

「青山さまのお屋敷もいろいろありますねえ」

老亭主は、白髪眉をひそめた。

「ほう。いろいろあるのか……」

「ええ。青山さまは厳しい御方ですからね」

老亭主は頷いた。

「厳しい……」

「ええ。何年か前ですか、若い家来と女中が不義を働いたとしてお手討《てうち》にされたり……」

「手討……」

青山家では不義はお家の御法度《ごはっと》なのだ……。

半兵衛は知った。

「ええ。御役目にしくじると、どんな理由があっても、お給金が減らされたり、暇を出されたりするそうでしてね。御家来衆や奉公人も大変ですよ」

老亭主は、家来や奉公人に同情した。

「そんな御方なのかい、青山頼母さま……」

青山頼母は、家来や奉公人には厳しく冷たい男のようだった。

「らしいですよ」

老亭主は頷いた。

「そう云えば亭主、青山家家中に夏目嘉門どのと仰《おつしや》る方がおられたそうだが、知っているかな……」

半兵衛は訊いた。

「そりゃあもう。夏目嘉門さまは昔からの御家来で手前共にも気さくに声をお掛け下さいましてね。穏やかで優しい御方でした……」

老亭主は、懐《なつ》かしそうに告げた。

「御役人さまもお知り合いなのですか……」

「いや。噂をちょいとね……」

半兵衛は微笑《ほほえ》んだ。

「そうですか。夏目さま、青山さまのお怒りに触れ、お暇を出されて……」

「そうか。して、夏目嘉門どの、今、どちらにお住まいか知っているかな……」

半兵衛は尋ねた。

「さあ、詳しくは存じませんが、確か根岸《ねぎし》に行くとか仰っていたと思いますが……」

「根岸……」

半兵衛は眉をひそめた。

「ええ。何でも大昔、剣術修行をしていた頃の知り合いがいるとか……」

「剣術修行……」

「ええ……」

「夏目嘉門どの、剣術の修行をされていたのか……」

「そうなんでしょうね」

老亭主は首を捻った。

「そうか、詳しくは知らぬか……」

青山頼母に暇を出された夏目嘉門は、根岸の里辺りで暮らしており、若い頃に剣術の修行をしていた。

半兵衛は知った。

羽織を着たお店の旦那風の男が、淡路坂を上がって来た。

半次と音次郎が追って現れた。

尾行て来た……。

半兵衛は気が付いた。

半次と音次郎が尾行て来た相手は、唐物屋『和蘭陀堂』吉兵衛なのだ。

半兵衛は見守った。

吉兵衛は、青山屋敷の表門脇の潜り戸を叩いた。

青山頼母と唐物屋『和蘭陀堂』の吉兵衛は、菅原一之進に拘わりなく直《じか》に繋がっているのだ。

半兵衛は読んだ。

唐物屋『和蘭陀堂』吉兵衛は、青山屋敷に入って行った。

半次と音次郎は見届けた。

「あいつが唐物屋の和蘭陀堂吉兵衛かい……」

半兵衛が、背後にやって来た。

「こりゃあ旦那……」

音次郎は会釈をした。

「はい。和蘭陀堂の吉兵衛でしてね。じゃあ、あのお屋敷は……」

「勘定奉行の青山頼母さまの屋敷だよ」

「やっぱり……」

半次は頷いた。

「吉兵衛、殺された菅原一之進だけではなく、青山頼母さまとも昵懇《じっこん》のようだね」

半兵衛は睨んだ。

「ええ……」

半次は頷いた。

「よし。引き続き、吉兵衛の動きを見張ってくれ」

「承知しました」

「私は根岸の里に行って来る」

「根岸の里……」

半次は眉をひそめた。

「うん。青山さまに暇を出された夏目嘉門さんって人がいてね。ひょっとしたら何かを知っているかもしれない」

半兵衛は読んだ。

「ああ。夏目嘉門さんですか……」

「ああ。若い頃に剣の修行をしているそうだ」

「じゃあ……」

半次は、緊張を過《よ》ぎらせた。

「ひょっとしたら、ひょっとするかもしれない……」

半兵衛は、小さな笑みを浮かべた。

三

根岸の里は上野の山の北側にあり、石神井《しゃくじい》用水のせせらぎが煌めき、水鶏《くいな》の鳴き声が響いていた。

半兵衛は巻羽織を脱ぎ、谷中《やなか》から芋坂《いもざか》を抜けて石神井用水沿いを根岸の里に進んだ。

根岸の里は幽愁《ゆうしゅう》の趣《おもむき》が漂《ただよ》い、文人墨客《ぶんじんぼっかく》に好まれていた。

半兵衛は、庭先で盆栽《ぼんさい》の手入れをしていた隠居に声を掛けた。

「やあ。見事なものですな」

「おお。お侍も盆栽をお遣《や》りですかな」

「真似事ですがね」

「そうですか……」

「処《ところ》でちょいと尋ねますが、此の界隈に夏目嘉門さんって方がいるのだが、御存知ないかな……」

「夏目嘉門さま……」

「ええ……」

「さあて……」

隠居は首を捻った。

「そうか、御存知ないか……」

半兵衛は、擦れ違う人に夏目嘉門の家を尋ね歩いた。

夏目嘉門の家が分かった。

御行《おぎょう》の松《まつ》や不動堂《ふどうどう》のある時雨《しぐれ》の岡《おか》の下には石神井用水が流れ、傍《そば》に夏目嘉門の住む小さな家があった。

此の家か……。

半兵衛は、夏目の小さな家の戸口を叩いた。だが、家の中から返事はなかった。

留守か……。

半兵衛は、廻された垣根沿いに裏に廻った。

垣根越しに見える小さな家の庭には、手入れされた木々があり、小さな花が咲いていていた。

穏やかな人柄なのか……。

半兵衛は、夏目嘉門の人柄の欠片《かけら》を知った。そして、小さな家の座敷は雨戸が閉められていた。

やはり留守か……。

半兵衛は、夏目嘉門の小さな家を眺めた。

「あの……」

背後の畑から声がした。

半兵衛は振り返った。

背後の畑に百姓がおり、半兵衛を見詰めていた。

「やあ、此処は夏目嘉門さんの家だな……」

半兵衛は確認した。

「左様にございますが、夏目さまならお出掛けにございますよ」

百姓は、申し訳なさそうに告げた。

「そうか。夏目さんはお出掛けか……」

半兵衛は、小さな家を眺めた。

青山屋敷の潜り戸が開いた。

唐物屋『和蘭陀堂』吉兵衛が出て来た。

「親分……」

「うん……」

半次と音次郎は、青山屋敷を出て淡路坂に向かう吉兵衛の後を尾行ようとした。

塗笠《ぬりがさ》を目深《まぶか》に被った着流しの武士が物陰から現れ、吉兵衛の後を追った。

「音次郎……」

半次は眉をひそめた。

「はい。あの侍、吉兵衛を尾行るつもりなんですかね」

音次郎は、緊張に喉《のど》を引《ひ》き攣《つ》らせた。

「うん……」

何処の誰だ……。

何故、吉兵衛を尾行る……。

半次は緊張した。

そして、音次郎と共に吉兵衛を尾行る着流しの武士を追った。


日本橋《にほんばし》には大勢の人が行き交っていた。

唐物屋『和蘭陀堂』吉兵衛は、日本橋を渡って通《とおり》二丁目式部《しきぶ》小路《こうじ》にある呉服屋『越乃屋《こしのや》』を訪れた。

着流しの武士は、呉服屋『越乃屋』の斜向かいの路地に入った。

「見張るつもりですぜ」

音次郎は読んだ。

「ああ……」

半次は頷いた。

「呉服屋越乃屋ですか……」

音次郎は、呉服屋『越乃屋』を眺めた。

「ひょっとしたら吉兵衛。青山頼母さまの口利きで来たのかもしれないな」

半次は読んだ。

「あっ、そうか……」

音次郎は頷いた。

「とにかく、着流しの侍、吉兵衛を尾行てどうするかだ……」

半次は、着流しの武士の出方が気になった。

半刻（一時間）が過ぎた。

半兵衛は、時雨の岡の御行の松の下に腰を下ろし、夏目嘉門の帰りを待った。

石神井用水は煌めき、小道を行き交う人も少なく、夏目嘉門が帰って来る様子はなかった。

陽は西に大きく傾き、谷中天王寺《やなかてんのうじ》の伽藍《がらん》を輝かせた。


呉服屋『越乃屋』は、客が途切れる事はなかった。

半次は、斜向かいの路地に潜む塗笠に着流しの武士を見守った。

呉服屋『越乃屋』から吉兵衛が出て来た。

「親分、吉兵衛です……」

音次郎は告げた。

吉兵衛は、薄笑いを浮かべて呉服屋『越乃屋』を一瞥《いちべつ》し、番頭や手代たちにも見送られず離れた。

余り歓迎されなかった……。

半次は睨んだ。

「親分……」

音次郎は、斜向かいの路地を出て吉兵衛を追う着流しの武士を示した。

「うん……」

　半次と音次郎は追った。

　日本橋から浅草東仲町の唐物屋『和蘭陀堂』に帰るには、両国《りょうごく》広小路に出て神田川を渡り、蔵前《くらまえ》の通りを行く。

　半次は、道筋を読みながら吉兵衛を尾行る着流しの武士を追った。

　音次郎は続いた。

　吉兵衛は、日本橋の通りを進んで十軒店本石町《じっけんだなほんごくちょう》の辻を東に曲がった。

　東に曲がった通りは、小伝馬町《こでんまちょう》から馬喰町《ばくろちょう》を抜けて両国広小路に出る。

　吉兵衛は、どうやら真っ直ぐに唐物屋『和蘭陀堂』に帰るつもりだ。

　半次は読んだ。

　着流しの武士は、吉兵衛を尾行た。

「吉兵衛を尾行てどうするつもりですかね」

　音次郎は眉をひそめた。

「さあて、何を企《たくら》んでいるのか……」

　着流しの武士の足取りは、落ち着いてゆったりとしていた。

半次は、不意に緊張感に襲われた。

ひょっとしたら、菅原一之進を一刀で斬り棄てた手練れなのかもしれない……。

「音次郎……」

「はい……」

「菅原を斬った奴かもしれない……」

半次は、自分の睨みを音次郎に報せた。

「えっ……」

音次郎は、微かな怯えを過《よ》ぎらせた。

半次は、厳しい面持ちで慎重に尾行した。


両国広小路は賑わっていた。

吉兵衛は、賑わいを横切って神田川に架かっている浅草御門を渡った。

着流しの武士は追い、半次と音次郎は慎重に続いた。

蔵前の通りは浅草御門と浅草広小路を結び、途中に浅草御蔵、御厩河岸《おんまやがし》、駒形《こまがた》堂《どう》などがあった。

吉兵衛は、蔵前通りを進んで浅草御蔵の前を通り過ぎた。

着流しの武士は、足取りを速めた。

「親分……」

音次郎は、緊張に喉を引き攣らせた。

「うん……」

半次と音次郎は急いだ。


着流しの武士は、吉兵衛の背後に寄った。

「御厩河岸に曲がれ……」

着流しの武士は囁《ささや》いた。

吉兵衛は驚き、立ち止まって振り返ろうとした。

「振り向けば斬る……」

着流しの武士は制した。

吉兵衛は、恐怖に衝《つ》き上《あ》げられた。

「御厩河岸だ……」

着流しの武士は命じた。

「は、はい……」

吉兵衛は、蔵前の通りから東に曲がって御厩河岸に向かった。

「愚かな真似をすれば斬り棄てる……」

着流しの武士は、吉兵衛を見切りの内に置いて背後を進んだ。


「親分……」

音次郎は慌《あわ》てた。

「うん、御厩河岸だ……」

半次と音次郎は、先廻りをしようと傍《かたわ》らの三好町《みよしちょう》に駆け込んだ。


大川からの風が吹き抜けた。

塗笠を被った着流しの武士は、吉兵衛を御厩河岸の船着場から離れた空地に連れ込んだ。

「青山さまの口利きで越乃屋に何を売り付けに行ったのだ……」

着流しの武士は尋ねた。

「何の事ですか……」

吉兵衛は、不貞不貞《ふてぶて》しく惚《とぼ》け、塗笠の下の武士の顔を窺おうとした。

「死に急ぐか……」

着流しの武士は冷笑した。

吉兵衛は、思わず身を退《ひ》いた。

「越乃屋に何を売り付けた」

着流しの武士は、刀の柄《つか》を握り締めた。

吉兵衛は、恐怖に激しく震えた。

「何だ……」

着流しの武士は、刀の鯉口《こいぐち》を切った。

「南蛮渡りの紅玉《こうぎょく》の首飾りを……」

吉兵衛は、声を激しく震わせた。

「幾らの品物を幾らで売った……」

「十両の品物を三十五両で……」

吉兵衛は告げた。

「十両の紅玉を三十五両とは……」

着流しの武士は呆《あき》れた。

「青山さまが、越乃屋はその値で黙って買うだろうと……」

「勘定奉行のお声掛かりか。して、青山さまの取り分は……」

「に、二十両……」

吉兵衛は告げた。

「そして、吉兵衛、お前が十五両か……」

「はい……」

「菅原一之進がいなくなると、自ら役目を笠《かさ》に町方の者を泣かすか……」

着流しの武士は吐き棄て、無雑作に刀を抜き払った。

吉兵衛は狼狽《うろた》え、後退《あとずさ》りして尻餅《しりもち》をついた。

「お、お助けを……」

吉兵衛は、土下座をして許しを請《こ》うた。

「手足となって働いた勘定組頭の菅原と和蘭陀堂吉兵衛、先ずは死んで貰う」

着流しの武士は、抜《ぬ》き身《み》を提《さ》げて音もなく吉兵衛に近付いた。

「助けて……」

吉兵衛は、恐怖に激しく震え、嗄《しゃが》れ声を引き攣らせた。

「恨むなら、青山頼母を恨むのだな……」

着流しの武士は、静かに刀を振り翳《かざ》した。

刹那、呼《よ》び子笛《こぶえ》が鳴り響いた。

「人殺し、人殺しだ……」

半次と音次郎が現れ、呼び子笛を鳴らして大声で叫んだ。

着流しの武士は、思わず怯《ひる》んだ。

吉兵衛は、獣のように四《よ》つん這《ば》いで素早く退いた。

「おのれ……」

着流しの武士は苦笑し、刀を鞘に納めた。

「人殺しだ。誰か来てくれ。人殺しだ……」

半次と音次郎は、尚も騒ぎ立てた。

着流しの武士は、離れて身構える吉兵衛を冷たく一瞥して蔵前通りに向かった。

「音次郎、吉兵衛を捕らえて大番屋に引き立てろ。俺は着流しを追う……」

半次は、音次郎に命じて着流しの武士を追った。

「合点です」

音次郎は半次を見送り、へたり込んでいる吉兵衛の許に走った。

「和蘭陀堂吉兵衛、大番屋に来て貰うぜ」

音次郎は告げた。

「大番屋。どうしてだ。私は殺されそうになったんだぞ」

吉兵衛は驚き、怒鳴った。

「煩《うる》せえ。神妙にしやがれ」

音次郎は、吉兵衛を殴り飛ばした。


着流しの武士は、塗笠を目深に被り直して蔵前の通りを横切り、足早に下谷《したや》に向かった。

半次が追って現れ、着流しの武士を慎重に尾行《つけ》始めた。

着流しの武士は、淡路坂で勘定組頭の菅原一之進を斬り棄てた手練れ……。

半次は、先を行く着流しの武士を窺いながら読んだ。

着流しの武士は、下谷に急いでいた。

半次は、慎重に尾行した。

東叡山寛永寺《とうえいざんかんえいじ》は夕陽に映《は》えた。
着流しの武士は、寛永寺の東、山下《やました》に出て奥州《おうしゅう》街道裏道に進んだ。
何処に行く……。
半次は追った。
着流しの武士は、奥州街道裏道にある坂本町《さかもとちょう》に入り、寺と田畑の間の道を北に進んだ。
此のまま進めば根岸の里だ……。
半次は追った。

根岸の里は夕暮れに覆われた。
着流しの武士は、時雨の岡を越えて石神井用水に架かっている小橋を渡った。
半次は、時雨の岡の御行の松の陰に立ち止まり、見守った。
着流しの武士は、石神井用水沿いにある暗い小さな家に入った。
半次は見届けた。
小さな家には、明かりが灯された。

半次は、吐息を洩らして緊張を解いた。そして、着流しの武士の姓名と素性《すじよう》を確かめる手立てを思案した。

根岸の里は暮れ、家々に灯された明かりが石神井用水に煌めいた。


大番屋の詮議場《せんぎじよう》の床は冷たく、壁際には突棒《つくぼう》、刺股《さすまた》、袖搦《そでがらみ》の捕物三道具や抱《だ》き石《いし》や十露盤板《そろばんいた》などの責め道具が並べられていた。

音次郎と小者は、座敷の框《かまち》に腰掛けている半兵衛の前に吉兵衛を引き据えた。

吉兵衛は、怯えと狡猾さの入り混じった眼差しで半兵衛を見上げた。

「唐物屋和蘭陀堂吉兵衛かい……」

半兵衛は笑い掛けた。

「はい。左様にございます」

吉兵衛は、哀れっぽい声音で頷いた。

「うん。ならば何もかも話して貰おうか……」

「白縫さま、手前は得体《えたい》の知れぬお侍に殺されそうになっただけでして、此のような処に引き据えられる覚えはございませぬ」

吉兵衛は、自分は被害者だと強調した。

「ならば、呉服屋越乃屋には何用で参ったのかな……」

半兵衛は笑った。

「えっ……」

吉兵衛は、半兵衛が越乃屋に行ったのを知っているのに戸惑った。

「越乃屋に何しに行ったのだ……」

「は、はい。それは……」

吉兵衛は口籠《くちご》もった。

「何しに行った……」

半兵衛は、吉兵衛を厳しく見据えた。

「それは、御公儀重職の御方に拘わる事にございまして……」

吉兵衛は、公儀重職と云えば町奉行所同心は畏《おそ》れ入って退くと睨み、半兵衛に狡猾な眼を向けた。

「ほう。公儀重職かい……」

「左様にございます」

吉兵衛は、秘密めかして頷いた。

「そいつは、勘定奉行の青山頼母さまか……」

半兵衛は、あっさり告げた。

「えっ……」

吉兵衛は眉をひそめた。

「そうだな……」

「は、はい……」

吉兵衛は、苦しげに頷いた。

「して、お前が越乃屋に行ったのに、青山頼母さまはどう拘わっているのかな……」

「それは……」

「勘定奉行の青山頼母さまの口利きで越乃屋に商売に行ったのだな」

半兵衛は読んだ。

吉兵衛は項垂《うなだ》れた。

「越乃屋も大変だな。勘定奉行の青山さまの口利きで来たお前から欲しくもない唐物を高値で買わされるとは……」

半兵衛は苦笑した。

「して、お前が唐物を越乃屋に高値で売り付け、青山さまは口利き料を取るか

「……」

半兵衛の睨みに、吉兵衛は俯《うつむ》いたまま黙り込んだ。

「吉兵衛、殺された勘定組頭の菅原一之進さん、殺される前迄、青山さまの手足として働いていたのだな」

「はい……」

吉兵衛は頷いた。

「処《ところ》で吉兵衛、お前を殺そうとした塗笠を被った着流しの侍、何処の誰か知っているかな」

「いいえ。顔は塗笠の陰になっていて良く分かりませんでしたが、声や喋《しゃべ》り方、年寄りのように思えました……」

「年寄り……」

半兵衛は眉をひそめた。

「ええ……」

吉兵衛は、疲れたように頷いた。

「そうか。よし、今夜はもう休むが良い。音次郎……」

「はい。さあ……」

音次郎と小者は、吉兵衛を牢に引き立てて行った。

半兵衛は見送った。

「半兵衛の旦那……」

半次が入って来た。

「おう。塗笠に着流しの武士、何処の誰か突き止めたかい」

「はい。根岸の里に住む夏目嘉門って浪人でした……」

半次は告げた。

「夏目嘉門……」

半兵衛は、小さな笑みを浮かべた。

四

石神井用水のせせらぎは、根岸の里に軽やかに響いていた。

半兵衛は、時雨の岡から石神井用水の傍にある小さな家を眺めていた。

白髪頭の老武士が洗濯物を持って庭に現れ、物干《ものほ》し竿《ざお》に下帯《したおび》や襦袢《じゅばん》などを干し始めた。

夏目嘉門……。

半兵衛は、洗濯物を干している老武士を夏目嘉門だと見定めた。
見覚えがある……。
半兵衛は、不意にそう思った。
だが、旗本三千石の青山家の家臣に知り合いはいない。
半兵衛は、微かな戸惑いを覚えた。
だが、何処かで逢っている……。
半兵衛は、洗濯物を干す夏目嘉門を見詰めた。
夏目嘉門は、洗濯物を干し終えて時雨の岡の御行の松の傍にいる半兵衛を見た。
隠れる間はなかった……。
半兵衛は苦笑し、時雨の岡を下りた。

石神井用水の流れに架かっている小橋を渡ると、夏目嘉門の住む小さな家だ。
半兵衛は、小橋を渡って夏目嘉門の家の庭に近付いた。
庭には、白髪頭の夏目嘉門が佇んでいた。
夏目嘉門は、不忍池の畔にある祥慶寺の墓地で出逢った白髪頭の老武士だった。

あの時の……。

半兵衛は気が付いた。

「おお……」

老武士も気が付いたのか、思わず小さな笑みを浮かべた。

「おぬしが夏目嘉門さんでしたか……」

半兵衛は笑い掛けた。

「ええ。おぬしは……」

「北町奉行所臨時廻《りんじまわ》り同心の白縫半兵衛です」

半兵衛は名乗った。

「白縫半兵衛さんか……」

「ええ……」

「ま、入られるが良い……」

夏目嘉門は、垣根の木戸を開けた。

「お邪魔致す……」

半兵衛は庭に入った。

「掛けられるが良い。今、茶を淹《い》れる」

夏目嘉門は、半兵衛に座敷の縁側《えんがわ》を勧めて台所に入った。

半兵衛は、縁側に腰掛けて座敷を見廻した。

大した家具もない殺風景な座敷には、真新しい位牌《いはい》の祀《まつ》られた小さな仏壇があるだけだった。

奥方の位牌……。

半兵衛は読んだ。

「お待たせした……」

嘉門が茶を持って来た。

「いえ。御造作をお掛けします」

「どうぞ……」

嘉門は、半兵衛に茶を差し出した。

「戴きます」

半兵衛は茶を飲んだ。

「して、私に何か御用かな……」

嘉門は、半兵衛に笑い掛けた。

「はい。夏目さんは勘定奉行の旗本三千石の青山頼母さま御家中だったのですね」

「如何《いか》にも……」

嘉門は茶を啜った。

「して、青山頼母さまに諫言をして怒りを買い、暇を出されたとか……」

半兵衛は尋ねた。

「ま、そのような処ですか……」

嘉門は苦笑した。

「どのような諫言をされたのですかな」

「家中の者に厳しくするばかりが、主の務めではないとな……」

「それだけですか……」

「いや、御役目を笠に町方の者を苦しめるなどは論外、以《もっ》ての外《ほか》とな……」

「青山さま、そのような真似を……」

「うむ……」

「処で青山さま配下の勘定組頭菅原一之進が淡路坂で何者かに斬り棄てられまし

たが、何か心当たり、ありますか……」

「勘定組頭の菅原一之進は、御役目の御威光を笠に着た金儲けを頼母さまに手解《てほど》きした愚か者。斬り棄てられても仕方があるまい」

嘉門は、冷たく云い切った。

「成る程……」

「ま、誰がどうであろうが、一番悪いのは菅原や唐物屋和蘭陀堂吉兵衛の言葉に乗った頼母さまだ……」

嘉門は、哀しげな面持ちで陽差しの溢れる時雨の岡を眺めた。

「ならば、此から最後の諫言を……」

半兵衛は、嘉門の出方を探った。

「先々代から御恩を受けた青山家、出来るものならそうしたいが、既に暇を出された浪々の身。最早《もはや》、私に出来る此以上青山家を貶《おとし》めぬ手立てとなると……」

嘉門は茶を飲み、その表情を隠した。

「夏目さん……」

半兵衛は眉をひそめた。

「白縫さん、御承知のように私は既に老妻を看取《みと》り、主家からも暇を出された年老いた身。出来る事を遣る迄です」

嘉門は、明るく笑った。

「ならば……」

半兵衛は、嘉門の覚悟を知った。

「さあて白縫さん、わざわざお見えになった御用は……」

嘉門は、半兵衛に笑い掛けた。

「いえ。私は菅原一之進殺しに町方の者が拘わっていないか調べていましてね。唐物屋和蘭陀堂吉兵衛を厳しく責め、無用な唐物品を高値で売りつけた者たちを吐かせ、恨んでいる者の割り出しを急いでいるのですが、何か御存知ないかと……」

半兵衛は笑った。


時雨の岡は陽差しに溢れていた。

半兵衛は、夏目家を出て時雨の岡の御行の松の傍に戻った。

御行の松の陰に半次と音次郎が来ていた。

「やあ、来ていたか……」

「はい。如何《いかが》でした」

「うん。夏目嘉門、菅原一之進を淡路坂で斬り棄てたのは、間違いないだろうね」

半兵衛は読んだ。

「やっぱり。じゃあ……」

「いや。夏目嘉門は長年奉公した青山家を護《まも》ろうと、頼母に諫言して暇を出された。そして、己の出来る青山家を護る最後の手立てとして、菅原一之進を青山頼母の身辺から取り除く事にした……」

「で、淡路坂で菅原一之進を斬り殺しましたか……」

「ああ。だが、青山頼母は菅原が斬り棄てられても、和蘭陀堂吉兵衛を遣《つか》って愚かな真似を続けているのを知り、覚悟を決めたようだ」

半兵衛は睨んだ。

「覚悟を……」

半次は眉をひそめた。

「うむ……」

半兵衛は頷いた。

「半兵衛の旦那、まさか……」

音次郎は驚いた。

「おそらくそのまさかだろうな……」

半兵衛は、夏目嘉門の家を眺めた。

「良いんですか、半兵衛の旦那……」

半次は心配した。

「半次、夏目嘉門、妻を看取り、主家から暇を出され、老いてからの浪々の身。最早、遣れる事をやるだけだそうだ」

半兵衛は、夏目嘉門の覚悟を教えた。

「知らん顔をしますか……」

半次は、半兵衛の腹の内を読んだ。

「知らん顔か。そいつも良いかもしれないねえ……」

半兵衛は苦笑した。


根岸の里に水鶏の鳴き声が響いた。

半次と音次郎は、時雨の岡の御行の松と不動堂の陰に潜み、夏目嘉門の家を見張った。

嘉門が庭に現れ、微風《そよかぜ》に揺れている下帯や襦袢などの洗濯物を取り込んだ。

「親分……」

「うん。出掛けるかもしれないな」

半次は読んだ。

嘉門は、洗濯物を持って座敷に上がり、雨戸を閉め始めた。

「追うぞ……」

半次と音次郎は、尾行る仕度を始めた。


勘定奉行青山頼母は、大手御門内の下御勘定所《しもおかんじようしよ》で書類に眼を通し、御殿《ごてん》御勘定所に詰めた。そして、下城して駿河台の屋敷に戻って来た。

半兵衛は、太田姫稲荷の境内の茶店から青山頼母が屋敷に帰ったのを見届けた。

もし、夏目嘉門が青山頼母に最後の諫言をするなら屋敷に入らなければならない。

それとも、青山頼母は出掛けるのか……。

夏目嘉門はそれを知っており、出掛けた先で諫言する気かもしれない。

半兵衛は、青山頼母を見張った。


不忍池の畔、祥慶寺の墓地には線香の紫煙が漂っていた。

夏目嘉門は、真新しい墓に供花を飾り、線香を供えて手を合わせた。

半次と音次郎は、墓石の陰から見守った。

「奥方さまのお墓ですか……」

音次郎は読んだ。

「きっとな。音次郎、此の祥慶寺は半兵衛の旦那の菩提寺《ぼだいじ》でな。そこにあるのが白縫家のお墓だ」

半次は、古い墓を示して手を合わせた。

「えっ。そりゃあ、大変だ……」

音次郎は、半次の示した白縫家の墓に慌てて手を合わせた。

「よし。音次郎、青山屋敷を見張っている半兵衛の旦那の処に一《ひと》っ走《ぱし》りして、此の事を報せてくれ」

半次は命じた。

「合点です。じゃあ……」

音次郎は頷き、祥慶寺の墓地を足早に出て行った。

大禍時《おおまがとき》。

駿河台に並ぶ旗本屋敷は、表門前の辻行燈《つじあんどん》に火を灯した。

半兵衛は、太田姫稲荷の境内から青山屋敷を見張り続けていた。

音次郎が、淡路坂から太田姫稲荷の境内に駆け込んで来た。

「半兵衛の旦那……」

「おう。夏目嘉門が動いたか……」

「はい。祥慶寺で墓参りをして……」

音次郎は、息を弾ませながら報せた。

「墓参り……」

半兵衛は眉をひそめた。

夏目嘉門は、亡き妻に最期の別れをした。

半兵衛は読んだ。

「半兵衛の旦那……」

青山屋敷の潜り戸が開き、頭巾を被った武士が三人の供侍《ともざむらい》を従えて出て来た。

「頭巾を被った武士は青山頼母だ」

半兵衛は睨んだ。

「はい……」

音次郎は、喉を鳴らして頷いた。

青山頼母は、三人の家来を従えて淡路坂を下り始めた。

さあて、何処に行く……。

半兵衛は、太田姫稲荷の境内を出て青山頼母と三人の家来を追った。

音次郎は続いた。


淡路坂は暗かった。

頭巾を被った青山頼母は、家来の一人の持つ提灯の明かりに先導され、背後を二人の家来に護られて淡路坂を下りた。

半兵衛と音次郎は尾行た。

「又、淡路坂に現れますかね」

音次郎は、緊張した声で囁いた。

「そいつは、青山頼母の行き先によるね」

半兵衛は読んだ。

青山頼母一行は、淡路坂を下りて神田八ツ小路に進んだ。そして、神田川に架かっている昌平橋に向かった。


神田川の流れに月影は揺れた。

青山頼母一行は、昌平橋を渡って明神下《みようじんした》の通りに進んだ。

明神下の通りは、不忍池に続いている。

不忍池の畔の料理屋か……。

半兵衛は、青山頼母の行き先を読んだ。

青山頼母は、おそらく毎月の決まった日に決まった料理屋に行くのだ。

夏目嘉門はそれを知っている……。

半兵衛は睨んだ。

不忍池の畔には、料理屋の明かりが点在していた。

青山頼母は、三人の家来を従えて不忍池の畔を進んだ。

不忍池に魚が跳ねたのか、小さな水音と共に波紋が広がった。

青山頼母は立ち止まった。

三人の家来は、青山を護るように前に出た。

夏目嘉門が暗がりから現れた。

「嘉門か……」

青山は、嘉門に怒りと蔑《さげす》みの混じった眼を向けた。

「頼母さま、何があっても五の付く日の夜は料理屋若菜《わかな》で不義密通ですか……」

嘉門は、厳しく告げた。

「黙れ、嘉門。浪人のお前にとやかく云われる筋合いではない」

青山は、嘲《あざけ》りを浮かべた。

三人の武士が、嘉門の背後に現れた。

青山は、嘉門が現れると睨んで三人の家来を先廻りさせていたのだ。

嘉門は、前後に三人ずつの家来に挟まれた。

「嘉門。最早、青山家と何の拘わりもない浪人。無礼討ちにしてくれる」

青山は、侮《あなど》りと蔑みの笑みを浮かべた。

「頼母さま。三河以来の旗本青山家の名を此以上汚してはなりませぬ」

「黙れ。青山家の名を汚すのは、些細《ささい》な事で騒ぎ立てる嘉門、お前だ……」

青山は、嘉門を睨み付けた。

「頼母さま……」

嘉門は、青山に土下座した。

「お願いでございます。此以上、家中の者共を虐《しいた》げ、唐物屋和蘭陀堂吉兵衛を使って町方の者を泣かすのはお止め下さい」

嘉門は、土下座をして頼母に頼んだ。

「黙れ、嘉門……」

青山は、嘉門を蹴り飛ばした。

嘉門は倒れた。

「殺せ、菅原一之進を斬り棄てた夏目嘉門を斬り殺せ……」

青山は、顔を醜《みにく》く歪《ゆが》めて家来たちに命じた。

六人の家来は、素早く嘉門を取り囲んで刀を抜き払った。

「最早、是非もない……」

嘉門は立ち上がり、刀の柄を握り締めて静かに鯉口を切った。

「たった一人に六人掛かりとは……」

巻羽織を脱いだ半兵衛が、呆れた面持ちで現れた。

「し、白縫さん……」

嘉門は、戸惑いを浮かべた。

「やあ……」

半兵衛は、嘉門に笑い掛けた。

「な、何だ、お前は……」

青山は、怒りに声を震わせた。

「夏目さんの檀家《だんか》仲間でね……」

「檀家仲間……」

「夏目さん、家来たちは引き受けますよ」

半兵衛は、六人の家来たちを厳しく見据えた。

「おのれ……」

「退《ど》け……」

二人の家来は、半兵衛に斬り掛かった。

半兵衛は、僅かに腰を沈めて抜き打ちの一刀を放った。

閃光が縦横に走った。

斬り掛かった二人の家来は、腕と太股《ふともも》を斬られて倒れた。

鮮やかな田宮流抜刀術《たみやりゅうばっとうじゅつ》だ。

残る四人の家来たちは怯んだ。

「次は誰かな……」

半兵衛は、残る四人の家来に笑い掛けた。

「頼母さま……」

嘉門は、青山に向かった。

「な、何をする、嘉門……」

青山は、微かな怯えを滲ませて後退りした。

半次と音次郎が青山の背後に現れ、退路を塞《ふさ》いだ。

青山は、挟まれて焦《あせ》りを浮かべた。

「頼母さま、腹を召されるが良い……」

嘉門は、青山に静かに切腹を勧めた。

「切腹……」

青山は眉をひそめた。

「如何にも……」

嘉門は、青山を見据えて頷いた。

「黙れ、嘉門……」

青山は、猛然と嘉門に斬り掛かった。

嘉門は、躱《かわ》さずに抜き打ちの一刀を放った。

刀の煌めきが交錯し、血が飛んだ。

嘉門と青山は、残心《ざんしん》の構えを取った。

半兵衛、半次、音次郎、そして家来たちは息を飲んで見守った。

嘉門は、左肩から血を流してがっくりと両膝を突いた。

青山は、首から血を噴き上げ、顔を醜く歪めて横倒しに斃れた。

「殿……」

家来たちは、斃れた青山に駆け寄った。

青山頼母は絶命していた。

半兵衛、半次、音次郎は、項垂れて座り込んでいる嘉門に駆け寄った。

「夏目さん……」

「白縫さん、青山頼母さま、御乱心……」

嘉門は、哀しげな笑みを浮かべて意識を失った。

「半次、音次郎、早く医者に運べ」

半兵衛は命じた。

「承知……」

音次郎は、嘉門を背負って半次と一緒に駆け出した。

「青山頼母さま、乱心したようだな……」

半兵衛は、家来たちに云い残して半次と音次郎を追った。


夏目嘉門の左肩の傷は深かった。

医者の懸命の手当てにも拘わらず、嘉門は意識を取り戻しはしなかった。

半兵衛は、穏やかな顔で微かな息を繋ぐ嘉門を見守った。

何故だ……。

嘉門は、青山頼母の斬り込みを躱さず、一刀を左肩に受けて青山頼母を斬り棄てた。そして、半兵衛に青山頼母は乱心したと告げた。

乱心……。

乱心ならば、公儀の咎めも緩《ゆる》くなる。

嘉門は、青山頼母と刺し違えるようにして斬り棄て、乱心したと云った。

青山家を護る為に……。

半兵衛は、夏目嘉門の苦衷《くちゅう》を察した。

「し、白縫さん……」

嘉門の苦しげな嗄れ声がした。

「夏目さん……」

嘉門は、微かに意識を取り戻していた。

「た、頼母さまは、頼母さまは……」

嘉門は、半兵衛に何事かを必死に告げようとした。

「乱心していましたか……」

半兵衛は、嘉門の告げたい事を読んだ。

「何卒、何卒……」

嘉門は頷き、半兵衛に向けていた哀しげな眼を静かに瞑《つぶ》った。

「夏目さん……」

半兵衛は呼び掛けた。

嘉門は息絶えていた。

医者は、嘉門の死を見定めた。

夏目嘉門は、青山頼母を乱心者として斬り棄て、命を懸けて青山家を護ろうとした。

頼母の一刀を躱さなかったのは、主筋《しゅうすじ》の者を斬り棄てる償《つぐな》いなのだ。

半兵衛は知った。

評定所は、青山頼母の乱心を認め、旗本青山家に減知《げんち》の沙汰《さた》を下した。

旗本青山家は辛うじて護られた。

半兵衛は、唐物屋『和蘭陀堂』吉兵衛を騙《かた》りと恐喝の罪で遠島《えんとう》、店を闕所《けっしょ》にした。

「乱心ですか……」

音次郎は、不服げに首を捻った。

「ああ、夏目嘉門の最期の願いだ」

半兵衛は頷いた。

「で、知らん顔ですか……」

「音次郎、半兵衛の旦那は、夏目嘉門が青山頼母を斬ると気が付いていたんだよ」

「えっ。じゃあ……」

「知らん顔をしたのは、その時からだよ……」

半次は笑った。

孤老剣《ころうけん》……。

夏目嘉門の青山頼母に対する最期の諫言は終わった。

半兵衛は、夏目嘉門の亡骸《なきがら》を妻の眠る祥慶寺に葬《ほうむ》った。

# 第二話　女白浪

## 一

朝の陽差しは、雨戸を開けた座敷に一気に侵入した。

半兵衛は、縁側で眩《まぶ》しげに空を見上げて大きく背伸びをした。

「おはようございます」

廻《まわ》り髪結《かみゆい》の房吉《ふさきち》は、鬢盥《びんだらい》を提《さ》げて庭先にやって来た。

「やあ。顔を洗って来るよ」

半兵衛は、井戸端に向かった。

「はい。じゃあ、仕度を……」

房吉は縁側に上がり、半兵衛の日髪日剃《ひがみひぞり》の仕度を始めた。

「ほう。神田三河町《みかわちょう》に住んでいる絵師が家で首を吊《つ》ったのか……」

半兵衛は、髷《まげ》を結い上げられる微かな痛みに心地好さを感じていた。

「はい。喜多川春国《きたがわはるくに》って絵師です」

房吉は、半兵衛の髷を結い続けた。

「喜多川春国、どうして首を吊ったんだい」

「そいつが分からないとか……」

房吉は、半兵衛の結った髷に元結《もとゆい》をきつく巻き始めた。

「分からない……」

半兵衛は眉をひそめた。

「ええ。喜多川春国、独り身でしてね。近くに住んでいる婆さんに掃除洗濯を頼んでいるんですが、その婆さんが首を吊っている喜多川春国を見付けたそうですよ」

房吉は、鋏《はさみ》で髷を結んだ元結を切った。

「掃除洗濯の婆さんがねえ……」

「はい。で、直《す》ぐに自身番《じしんばん》に届けて、自害って事になったんですが……」

房吉は、小さな笑みを浮かべた。

「何か気になるのかい……」

「ええ。絵師の喜多川春国、首を吊って自害するような奴じゃあないとか……」

房吉は苦笑した。

「ほう……」

「絵師仲間は殺されたと思ったが、首を吊っての自害だと聞き、みんな驚いたそうですよ」

房吉は告げた。

「殺されるのが、似合っているような奴か……」

半兵衛は笑った。


朝の北町奉行所には、大勢の人が忙《いそが》しく出入りしていた。

半次と音次郎は、表門内の腰掛《こしかけ》で顔見知りの老門番と世間話をしていた。

「待たせたね……」

半兵衛が、同心詰所《つめしょ》から出て来た。

「いえ……」

「じゃあ、行くか……」

「はい……」

半兵衛は、半次と音次郎を伴って北町奉行所を出た。

呉服橋《ごふくばし》御門を渡って外濠《そとぼり》沿いを北に進むと鎌倉河岸《かまくらがし》であり、神田三河町がある。

半兵衛は、半次と音次郎に絵師の喜多川春国の事を教え、神田三河町に向かった。

「へえ、首を吊りそうもない絵師が首を吊りましたか……」

半次は眉をひそめた。

「うん。絵師仲間は殺されるのが似合っていると思っていたそうだ」

半兵衛は苦笑した。

「殺されるのが似合っている……」

「相当、質《たち》の悪い奴だったんですかね」

音次郎は読んだ。

「さあて、どうかな……」

半兵衛は、神田堀に架かっている竜閑橋《りゅうかんばし》を渡って鎌倉河岸に入った。

半次と音次郎は続いた。

鎌倉河岸は荷積み荷下ろしの時も過ぎ、閑散《かんさん》としていた。
半兵衛、半次、音次郎は鎌倉河岸を西に進み、神田三河町の木戸番を訪ねた。
木戸番は、首を吊った絵師の喜多川春国の家を知っていた。
神田三河町は駿河台の武家地と並ぶ町方の地であり、神田八ツ小路に近かった。
喜多川春国の家は、板塀に囲まれた仕舞屋《しもたや》で神田三河町の外れにあった。
木戸番は、半兵衛、半次、音次郎を喜多川春国の家に案内した。
喜多川春国の家の中は薄暗く、仕事部屋には絵の具や何本もの筆が出されていた。
「絵を描いていたようですね……」
半次は読んだ。
「うん。絵を描き上げたのか、描いている途中だったのか……」
半兵衛は辺りを見廻した。

描き掛けの絵はなかった。

仕事部屋の隅には、描き上げた絵が何点か置かれていた。だが、その何《いず》れの絵も描き上がったばかりの物ではなく、古い絵ばかりだった。

「絵の具も綺麗に乾いているな……」

半兵衛は読んだ。

「ええ。描き上げたばかりの絵や描き掛けの絵はありませんね」

「じゃあ、誰かが持って行っちまったんですかね」

音次郎は読んだ。

「誰かが か……」

半兵衛は眉をひそめた。

「はい」

「って事は、音次郎、喜多川春国が首を吊った後、誰かが来たって云うのか……」

「ええ。そして、描いていた絵を持って行っちまった。違いますかね」

「うむ……」

「旦那、ひょっとしたら……」

半次は、緊張を滲《にじ》ませた。

「何者かが喜多川春国を首吊りに見せ掛けて殺し、描いていた絵を持ち去ったか……」

半兵衛は、半次の腹の内を読んだ。

「ええ……」

半次は頷《うなず》いた。

「よし。音次郎、掃除洗濯に来ている通いの婆さんを呼んで来てくれ」

「合点です」

音次郎は、木戸番に誘《いざな》われて出て行った。

「殺されるのが似合っている奴か……」

「喜多川春国、誰かに恨《うら》まれていたのかもしれませんね」

「うむ。恨んでいる者か……」

「旦那、親分……」

音次郎が手伝いの婆さんを連れて来た。

「やあ。わざわざすまないね」

半兵衛は、笑顔で迎えた。

「いいえ……」

手伝いの老婆は、話し好きらしく眼を輝かせていた。

「婆さんが喜多川春国の首吊り死体を見付けたそうだね」

半兵衛は尋ねた。

「はい。昨日の朝、掃除と洗濯に来たら、喜多川の春国先生、座敷で首を吊っていましてね。そりゃあもう、吃驚《びっくり》しましたよ」

老婆は、声を弾ませた。

「その時、家には首を吊った喜多川春国の他に誰もいなかったんだね」

「ええ。いませんでしたよ」

「そうか。ならば訊くが、喜多川春国を恨んでいる者を知らないかな……」

「春国先生を恨んでいる者ですか……」

老婆は眉をひそめた。

「うん。心当たり、ないかな……」

「さあ、恨んでいる人は知らないけど、胡散臭《うさんくさ》いのは出入りしていましたよ……」

老婆は、秘密めかして告げた。

「胡散臭いの。そいつは誰かな……」

「永吉《えいきち》って遊び人でしてね。神田明神や湯島天神《ゆしまてんじん》を彷徨《うろつ》いているそうですよ」

「遊び人の永吉か……」

「ええ。永吉ならきっと何か知っていますよ」

「そうか……」

「旦那……」

「うむ。して、喜多川春国、今、どんな絵を描いていたのかな」

「さあ、良く分かりませんが。地本問屋《じほんどんや》の亀喜《かめき》の旦那が時々来ていたから、亀喜の旦那に訊いたら分かるかも……」

「地本問屋の亀喜の旦那か……」

半兵衛は頷いた。

「じゃあ旦那、あっしと音次郎は遊び人の永吉を捜してみます」

「そうしてくれ。私は地本問屋の亀喜に行ってみるよ」

半兵衛は手筈《てはず》を決めた。

神田明神は参拝客で賑《にぎ》わっていた。

半次と音次郎は、境内《けいだい》で地廻《じまわ》り明神《みようじん》一家の常吉《つねきち》を見付けた。

「やあ、常吉……」

半次は声を掛けた。

「こりゃあ、本湊《ほんみなと》の親分、音次郎さん……」

地廻りの常吉は、腰を屈《かが》めて半次に挨拶をした。

「どうだい、調子は……」

「お蔭さまで。で、何ですかい……」

常吉は、半次と音次郎が参拝に来たとは思っておらず、探る眼を向けた。

「うん。此《こ》の界隈《かいわい》に永吉って遊び人が彷徨いているって聞いたが、知っているかな」

「遊び人の永吉ですかい……」

半次は尋ねた。

「知っているか……」

「ええ。まあ……」

常吉は頷いた。

「今、何処《どこ》にいる……」

「永吉の野郎、何かしたんですかい……」

常吉は、半次に探る眼を向けた。

「そいつは未《ま》だだ。何処《どこ》にいる……」

半次は、常吉を見据えた。

「さっき迄《まで》いたんですが、湯島天神に行きましたよ」

「湯島天神か、間違いないな……」

半次は、厳しく念を押した。


日本橋通油町《とおりあぶらちょう》に地本問屋『亀喜』はある。

半兵衛は、地本問屋『亀喜』に向かった。

地本問屋とは、錦絵《にしきえ》や絵草紙《えぞうし》などの出版と販売をする版元だ。

絵師の喜多川春国は、地本問屋『亀喜』で錦絵や絵草紙の挿絵《さしえ》を描いているのだ。

半兵衛は、地本問屋『亀喜』を訪れた。

地本問屋『亀喜』では客たちが錦絵や絵草紙を選び、買っていた。

「やあ、旦那の勘三郎《かんざぶろう》はいるかな……」

半兵衛は、帳場にいた番頭に尋ねた。

「は、はい。おりますが……」

番頭は、巻羽織の半兵衛を見て微かな緊張を過《よ》ぎらせた。

「北町奉行所の白縫半兵衛だが、ちょいと旦那の勘三郎を呼んで貰おうか……」

半兵衛は、番頭に笑い掛けた。


店の奥の座敷は静かだった。

半兵衛は、出された茶を啜《すす》りながら地本問屋『亀喜』の主の勘三郎を待った。

「お待たせ致しました。亀喜の主の勘三郎にございます」

小柄な初老の男がやって来た。

「やあ。私は北町奉行所の白縫半兵衛。ちょいと訊きたい事があってね」

半兵衛は笑い掛けた。

「はい。絵師の喜多川春国さんの事ですか……」

勘三郎は、絵師の喜多川春国の死を知っており、警戒する眼差しを向けた。

「うん。絵師の喜多川春国、亀喜の仕事をしているね」

「はい。喜多川春国さんなら時々。今は絵草紙の挿絵を描いて貰っていました」

「ほう。絵草紙の挿絵か……」

「左様《さよう》にございます」

「どんな話の挿絵なのかな」

「それが、女白浪《おんなしらなみ》の話でしてね。その女白浪の絵を……」

「女白浪ねえ。戯作者《げさくしゃ》は誰かな」

「柳亭玉泉《りゅうていぎょくせん》さんでしてね。春国さんは玉泉さんの名指しでございまして……」

絵師の喜多川春国は、戯作者柳亭玉泉の指名で女白浪の絵草紙の挿絵を描いていた。

「ほう。戯作者の柳亭玉泉の名指しでね」

喜多川春国に首吊りをさせた者は、戯作者柳亭玉泉の書いた絵草紙女白浪の描き掛けの挿絵を奪い去ったのかもしれない。

半兵衛は読んだ。

「ええ。手前は余り気が進まなかったのですが。それにしても、春国さんが首を吊って自害をするとは思いもしませんでした……」

勘三郎は、絵師の喜多川春国に余り仕事を頼みたくなかったようだ。

半兵衛は知った。

「自害は似合わない。殺されるのが似合っているか……」

半兵衛は、勘三郎に笑い掛けた。

「えっ。まあ……」

勘三郎は言葉を濁《にご》した。

「喜多川春国を知っている殆《ほとん》どの者がそう云っているそうだが、お前さんもそう思っているのかな……」

「いえ。手前はそこ迄は……」

「そうか。だが、殺されるのが似合っている理由は、知っているね……」

半兵衛は、勘三郎を見据えた。

「春国さん、恨まれていましたからねえ」

勘三郎は苦笑した。

「何故、恨まれていたか教えて貰おうか……」

「春国さん、秘かに枕絵《まくらえ》や春画《しゅんが》も描いていましてね。それも、女の顔を名高い小町娘や芸者の顔に似せましてね……」

「酷《ひど》いな……」

半兵衛は眉をひそめた。

「ええ。それで、顔を似せて描かれた女に悪い噂が立ったり、縁談が破談になったり、いろいろな事があったとか……」

「それで、恨まれていたか……」

「ま。他にも悪仲間といろいろやっていたそうですよ」

勘三郎は苦笑した。

「悪仲間ってのには、永吉って遊び人もいるのかな」

「は、はい……」

勘三郎は頷いた。

「そうか。で、戯作者の柳亭玉泉、家は何処かな……」

半兵衛は訊いた。

「下谷練塀小路《ねりべいこうじ》にございます」

「下谷練塀小路……」

半兵衛は戸惑った。

下谷練塀小路は、小旗本や御家人の組屋敷の連《つら》なる町だ。

「白縫さま。戯作者柳亭玉泉は高田純一郎《たかだじゅんいちろう》さまと仰《おっしゃ》る御家人なんですよ」

「御家人の高田純一郎……」

「ええ。尤《もっと》も御新造《ごしんぞう》のいる組屋敷には寄り付かず、殆ど妾《めかけ》の処《ところ》にいますがね」

「妾の処か……」

半兵衛は苦笑した。


湯島天神の参道には露店《ろてん》が並び、多くの参拝客が行き交っていた。

半次と音次郎は、境内に遊び人の永吉を捜した。だが、境内に永吉らしき遊び人はいなく、半次と音次郎は、境内の隅にある茶店の老亭主に尋ねた。

「ああ。遊び人の永吉なら、今し方、粋《いき》な形《なり》の年増《としま》と一緒に出て行ったよ」

境内の茶店の老亭主は告げた。

「粋な形の年増……」

半次は眉をひそめた。

「ええ。二人して東の鳥居、男坂《おとこざか》か女坂《おんなざか》の方にね……」

「親分……」

「うん。父っつあん、造作を掛けたね」

半次は、老亭主に礼を云い、音次郎と東の鳥居に走った。

湯島天神の東の鳥居を出ると、男坂と女坂がある。

男坂と女坂には、遊び人の永吉らしき男と粋な形の年増はいなかった。

「親分……」

「音次郎は女坂から足取りを探せ。俺は男坂を探す」

「合点です」

半次と音次郎は、遊び人の永吉と粋な形の年増を捜す為に二手に分かれた。


お玉《たま》が池《いけ》は陽差しに煌《きら》めいていた。

半兵衛は、玉池稲荷《たまいけいなり》裏にある戯作者柳亭玉泉こと御家人高田純一郎の妾の家を訪れた。

妾の家は、黒板塀に囲まれた仕舞屋だった。

「御免、邪魔をするよ」

半兵衛は、妾の家に声を掛けた。

「はい。只今《ただいま》……」

豊満な身体の若い女が奥から出て来た。

「私は北町奉行所の白縫半兵衛だが、戯作者の柳亭玉泉さんはいるかな」

半兵衛は、若い女が妾のおつやだと見定めた。

「えっ、旦那なら一昨日、出掛けたっ切り、帰っておりませんよ」

妾のおつやは、申し訳なさそうに告げた。

「一昨日から……」

半兵衛は眉をひそめた。

「はい……」

妾のおつやは頷いた。

「お前さん、妾のおつやだね」

半兵衛は、妾のおつやに念を押した。

「はい……」

妾のおつやは頷いた。

「柳亭玉泉、一人で出掛けたのかな……」

「いいえ。遊び人の永吉さんが迎えに来まして、一緒に……」

「遊び人の永吉と……」

半兵衛は眉をひそめた。

「はい……」

「で、一昨日出掛けたまま帰らないか……」

「はい。ひょっとしたら練塀小路のお屋敷に戻ったのかも……」

おつやは読んだ。

「練塀小路の組屋敷か……」

おそらく、戯作者柳亭玉泉こと御家人の高田純一郎は、練塀小路の組屋敷に戻ってはいない……。

半兵衛は読んだ。

だが、確かめる必要はある。

何れにしろ、何か起きている……。

半兵衛の勘が囁《ささや》いた。


遊び人の永吉と粋な形の年増……。

半次は、男坂周辺から不忍池の畔《ほとり》に掛けて永吉と粋な形の年増の足取りを追った。だが、足取りは容易に摑《つか》めなかった。

音次郎は、女坂から切通《きりどお》し、本郷通りに掛けて聞き込みを掛けた。だが、やはり遊び人の永吉と粋な形の年増の足取りは分からなかった。

半次と音次郎は、遊び人の永吉と粋な形の年増の足取りを追って聞き込みを続けた。

## 二

下谷練塀小路には組屋敷が連なり、物売りの声が響いていた。

半兵衛は、練塀小路を御家人高田純一郎の組屋敷に向かった。

風呂敷包みを抱えた武家の妻女が現れ、半兵衛に会釈をしながら擦《す》れ違《ちが》って行った。


半兵衛は、御家人高田純一郎の組屋敷を訪れた。

板塀に囲まれた高田屋敷は、木戸門を閉めて静けさに覆《おお》われていた。

「御免、高田どのはおいでかな……」

半兵衛は、高田屋敷に声を掛けた。

高田屋敷から返事はなかった。

「高田さんならお留守だよ……」

幼子を抱いた老武士が、半兵衛に声を掛けて来た。

「お留守ですか……」

「うん。さっき御新造が縫い上がった仕立物を届けに呉服屋に行ったよ」

老武士は告げた。

「仕立物を届けに……」

半兵衛は、擦れ違って行った風呂敷包みを抱えた武家の妻女を思い出した。

あの武家の妻女が、高田純一郎の御新造だったのかもしれない……。

「そうですか。して、高田どのは……」

半兵衛は尋ねた。

「高田は、何処で何をしているのか知らぬが、此処《ここ》の処《ところ》、ずっと見掛けないな」

老武士は、抱いた幼子をあやしながら腹立たしげに告げた。

「ほう。組屋敷に帰っていないのですか……」

半兵衛は惚《とぼ》けた。

「うむ。此処だけの話だが、高田純一郎、口から出任せ出放題で、平気で人の名を騙《かた》る好《い》い加減な奴でな。周りの者の追従笑《ついしょうわら》いを、受けていると思っている虚《うつ》け、愚か者だ」

老武士は、高田純一郎が嫌いらしく腹立たしげに罵《ののし》った。

「そんな奴ですか……」

「うむ。御新造の雪乃《ゆきの》どのが気の毒でならぬ」

高田純一郎の妻の名は雪乃……。

老武士は、妻の雪乃を哀れんだ。

「そうですか……」

半兵衛は頷いた。

老武士の抱いていた幼子が愚図《ぐず》り始めた。

「おう。母上か、母上か、よし、よし。ならば、此で……」

老武士は、愚図る幼子をあやしながら屋敷に帰って行った。

「助かりました」

半兵衛は、幼子を抱いた老武士を見送って高田屋敷を眺《なが》めた。

誰もいない高田屋敷は、夕暮れの静けさの底に沈んでいた。

囲炉裏《いろり》の火は燃えた。

半兵衛、半次、音次郎は、鯵《あじ》の干物《ひもの》や野菜の煮染《にしめ》で晩飯を終え、酒を飲んでいた。

「そうか。遊び人の永吉、見付からなかったか……」

「はい。湯島天神で粋な形の年増と一緒になり、出て行ったってんで、手分けして足取りを追ったんですがね。見付けられませんでしたよ」

半次は、悔しげに酒を飲んだ。

「親分は不忍池、あっしは切通しから本郷の通り迄。永吉と粋な形の年増、湯島天神の近くの曖昧宿《あいまいやど》にでもしけ込んだんですかね」

音次郎は、腹立たしげに告げた。

半兵衛は苦笑した。

「音次郎、案外その辺かもしれないな」

「その辺って、曖昧宿ですか……」

音次郎は、戸惑いを浮かべた。

「音次郎、旦那は湯島天神近くの何処かだと仰っているんだよ」

半次は読んだ。

「うん。湯島天神近くの曖昧宿は勿論《もちろん》、料理屋や飲み屋だ……」

半兵衛は、手酌《てじやく》で酒を飲んだ。

「分かりました。で、地本問屋の亀喜は如何《いかが》でしたか……」

「いろいろ分かったよ。喜多川春国は戯作者の柳亭玉泉の絵草紙の挿絵を描いていてね」

「柳亭玉泉の絵草紙、どんな話なんですか……」

「そいつが女白浪の話だそうだ」

「女白浪……」

半次と音次郎は眉をひそめた。

「ああ。詳しい筋書は分からないがね。ま、何れにしろ、喜多川春国は評判が悪く、いろいろ恨まれている。それに、戯作者の柳亭玉泉は、練塀小路に組屋敷のある高田純一郎って御家人でね」

「へえ。柳亭玉泉、高田純一郎って御家人なんですか……」

音次郎は驚いた。

「音次郎、柳亭玉泉の絵草紙、読んだ事があるのか……」

半兵衛は尋ねた。

「はい。二、三冊ですけど……」

音次郎は頷いた。

「で、どんな風な絵草紙なんだ」

「やっぱり白浪の話でしたが、あんまり面白くなかったと思いますよ」

音次郎は首を捻《ひね》った。

「で、柳亭玉泉は……」

「うん。そいつなんだがね。玉泉、練塀小路の組屋敷に御新造を残して、玉池稲荷裏の妾の家に入《い》り浸《びた》っていてね。一昨日に永吉と出掛けたまま帰っていないそうだ」

「へえ、永吉と出掛けたままですか……」

「ああ。何れにしろ戯作者の柳亭玉泉と遊び人の永吉が、絵師喜多川春国の首吊りの真相を知っているかもしれないな」

半兵衛は読んだ。

「はい……」

「それにしても、柳亭玉泉、以前にも白浪の話を書いていたか……」

「はい。今度は女白浪の話でしたね」

「ああ……」

「旦那、柳亭玉泉、盗人《ぬすっと》に詳しいのかもしれませんね」

半次は読んだ。

「うん。おそらく絵師の喜多川春国もね……」

半兵衛は、厳しい面持《おもも》ちで酒を飲んだ。

「旦那、ひょっとしたら喜多川春国の首吊りには、女白浪が絡《から》んでいるのかも……」

「親分、じゃあ粋な形の年増は……」

音次郎は眉をひそめた。

「ああ。女白浪かもな……」

「半次、音次郎、とにかく遊び人の永吉と粋な形の年増を捜すんだな」

半兵衛は、小さな笑みを浮かべた。

囲炉裏の火は小さく爆《は》ぜた。


湯島天神界隈には、小体《こてい》な料理屋や曖昧宿、飲み屋が多くある。

遊び人の永吉と粋な形の年増……。

半次と音次郎は、男坂と女坂の周囲にある料理屋、飲み屋、曖昧宿などに聞き込みを掛けた。

「遊び人の永吉ですかい……」

路地奥の小料理屋の亭主は、遊び人の永吉を知っていた。

「ああ。昨日、粋な形の年増と来なかったかな……」

半次は尋ねた。

「来ましたよ、永吉。色っぽい年増と……」

亭主は頷いた。

「来たか、粋な形の年増と……」

漸《ようや》く見付けた……。

半次は、声を弾ませた。

「ええ……」

「で、どうした……」

「二階で半刻程、二人で酒を飲んで帰っていきましたぜ」

「何を話していたか分かるかな……」

「さあ。何分にも二階の座敷ですからね。何を喋って、何をしていたのかはねえ……」

亭主は、好色そうに笑った。

「色っぽい年増、初めて見る顔だったのかな」

半次は訊いた。

「そいつが、何処かで見掛けた顔だと思うんだけど……」

亭主は眉をひそめた。

「思い出せないか……」

「ええ……」

亭主は苦笑した。

「じゃあ、遊び人の永吉、何処に住んでいるか知っているか……」

「根津権現《ねづごんげん》門前の宮永町《みやながちょう》だと聞いた事がありますよ」

「親分……」

「ああ。根津権現門前の宮永町だね……」

半次は、亭主に念を押した。


玉池稲荷は赤い幟旗《のぼりばた》を風に揺らしていた。

半兵衛は、玉池稲荷裏にある板塀の廻された仕舞屋を窺《うかが》った。

仕舞屋には、妾のおつやと飯炊《めした》きの婆やがいるだけで、戯作者の柳亭玉泉こと御家人高田純一郎が戻っている気配はなかった。

戯作者柳亭玉泉は何処にいるのか……。
半兵衛は、板塀を廻された仕舞屋を見張り続けた。
飯炊き婆さんが現れ、掃除を始めた。
中年の女髪結が、鬢盥を提げてやって来た。
半兵衛は見守った。
女髪結は立ち止まり、仕舞屋の前を掃除する飯炊き婆さんに声を掛けた。
飯炊き婆さんは、掃除の手を止めて女髪結と言葉を交わし始めた。
女髪結は探りを入れている……。
半兵衛の勘が囁いた。
ひょっとしたら粋な形の年増なのか……。
半兵衛は読んだ。
女髪結は、飯炊き婆さんに会釈をしてその場を離れた。
追う……。
半兵衛は、巻羽織を脱いで女髪結を追い始めた。
女髪結は、玉池稲荷の傍を通り抜けて柳原《やなぎわら》通りに向かった。
半兵衛は追った。

根津権現は不忍池の北にあり、門前町の外れに宮永町はあった。

半次と音次郎は、宮永町の木戸番を訪れて遊び人の永吉を知っているか尋ねた。

「ああ。遊び人の永吉なら知っているよ」

老木戸番は頷いた。

「永吉、家は何処ですかい……」

半次は訊いた。

「甚助《じんすけ》長屋だけど、案内するよ……」

老木戸番は、半次と音次郎の先に立った。


掘割《ほりわり》は澱《よど》み、鈍色《にびいろ》に輝いていた。

甚助長屋は古く、掘割の傍にあった。

老木戸番は、半次と音次郎を誘《いざな》って甚助長屋の木戸を潜《くぐ》った。

おかみさんたちの洗濯時も過ぎ、甚助長屋の井戸端は閑散としていた。

「此処だよ……」

老木戸番は、並んでいる家の一軒を示した。

「音次郎……」

半次は、音次郎を促《うなが》した。

「はい……」

音次郎は頷き、腰高障子《こしだかしょうじ》を叩いた。

家の中から返事はなかった。

「永吉さん……」

音次郎は、腰高障子を尚も叩いた。

やはり、返事はなかった。

音次郎は、腰高障子を引いた。

腰高障子には心張棒《しんばりぼう》が掛かっておらず、僅《わず》かに開いた。

「親分……」

音次郎は、半次の指示を仰《あお》いだ。

「うん……」

半次は頷いた。

音次郎は、十手を握り締め、腰高障子を開けて踏み込んだ。

半次が続いた。

家の中は狭く薄暗かった。

半次と音次郎は、狭く薄暗い家の中を見廻した。

永吉の姿はなく、隅に粗末な蒲団《ふとん》が何枚か乱雑に重ねられていた。

半次は、重ねられた粗末な蒲団を退《ど》かした。

重ねられた粗末な蒲団の下には、若い男の死体があった。

「親分……」

音次郎は、驚きに声を震わせた。

「ああ。父っつあん、ちょいと面を見てくれるかな」

半次は、老木戸番を呼んだ。

老木戸番は、若い男の顔を覗き込んだ。

「ああ。遊び人の永吉だよ。うん……」

老木戸番は皺《しわ》だらけの顔を歪《ゆが》め、己の言葉に頷いた。

「そうか……」

半次は、永吉の死体を検《あらた》めた。

永吉の首には、紐《ひも》で締めた痕《あと》が赤黒く残っていた。

「紐で締め殺されたようだな……」

半次は読んだ。

「ええ……」

音次郎は、喉《のど》を鳴らして頷いた。

「絵師の喜多川春国に続いて、遊び人の永吉が殺されたか……」

半次は眉をひそめた。


柳原通りは神田川沿いにあり、両国広小路と神田八ツ小路を結んでいる。

中年の女髪結は、鬢盥を提げて柳原通りを両国広小路に進んだ。

半兵衛は追った。

女髪結は、神田川に架かっている新《あたら》シ橋《ばし》を渡って東に進んだ。

半兵衛は尾行《つけ》た。

女髪結は、神田川沿いの道から蔵前通りに出て浅草広小路に向かって進んだ。

浅草か……。

半兵衛は読み、女髪結を尾行た。

女髪結は、浅草御蔵の手前を流れる新堀川《しんぼりがわ》に架かっている鳥越橋《とりごえばし》を渡り、森田《もりた》町《ちょう》を西に曲がった。

半兵衛は急ぎ、女髪結との距離を縮めた。

女髪結は、森田町の前を通り抜けて新旅籠町《しんはたごちょう》に進んだ。

半兵衛は追った。

新旅籠町の前には新堀川が流れ、一之橋《いちのはし》が架かっていた。

女髪結は、一之橋の袂《たもと》にある小さな古寺の土塀沿いの路地に入った。

半兵衛は、追って土塀沿いの路地を進んだ。

路地の奥には、古寺の裏門があった。

半兵衛は、古寺の裏門内を覗《のぞ》いた。

裏門内には小さな家作《かさく》があり、女髪結が入って行くのが見えた。

半兵衛は見届け、直ぐに路地を出て一之橋を渡った。そして、一之橋の袂に佇《たたず》み、新堀川越しに古寺を眺めた。

古寺の山門には、『桂福寺《けいふくじ》』と書かれた扁額《へんがく》が掛けられていた。

女髪結は、古寺『桂福寺』の裏庭にある家作に住んでいる。

半兵衛は知った。

女髪結は何者なのか……。

戯作者柳亭玉泉こと御家人高田純一郎とはどんな拘《かか》わりなのか……。

古寺桂福寺はどのような寺なのか……。

半兵衛は、古寺『桂福寺』を窺った。

古寺『桂福寺』は訪れる者もいなく、静けさに覆われていた。

半兵衛は、一之橋の袂を見廻した。

一之橋の袂には荒物屋《あらものや》があり、老婆が退屈そうに店番をしていた。

半兵衛は、草鞋《わらじ》、炭団《たどん》、渋団扇《しぶうちわ》、笊《ざる》などを売っている荒物屋を訪れた。

「やあ。懐紙《かいし》はあるかな……」

「申し訳ないね。お侍さん、懐紙は置いてないんですよ」

「そうか。じゃあ、ちょいと休ませて貰うよ」

半兵衛は、店番の老婆に笑い掛けた。

「どうぞ、どうぞ……」

老婆は、半兵衛に店先の縁台を勧めた。

半兵衛は、縁台に腰掛けて一之橋越しに古寺『桂福寺』を眺めた。

「お侍さん、出涸《でが》らしだけど、どうぞ……」

老婆は、半兵衛に茶を持って来た。

「此奴《こいつ》はすまないね」

半兵衛は、老婆に礼を云って美味そうに茶を啜った。

「おかみさん、桂福寺、古い寺のようだね」

半兵衛は、老婆に探りを入れ始めた。

「ええ。古い寺でしてね。長い間、無住《むじゅう》の荒れ寺だったんですが、五年前から今の和尚《おしょう》さんが居着いてね。細々とやっていますよ」

老婆は、眼を細めて桂福寺を眺めた。

「ほう。今の住職、何て坊さんだい……」

「浄雲《じょううん》って和尚さまですよ」

「浄雲……」

「ええ。で、仁吉《にきち》さんって寺男がいましてね」

「寺男の仁吉かい……」

「ええ。その仁吉さんが働き者でしてね。古い桂福寺を綺麗にしたんですよ」

老婆は、感心したように告げた。

「そうか……」

古寺『桂福寺』には、住職の浄雲と寺男の仁吉がいる。

「ま、檀家は少なくても、裏の家作の家賃で何とか遣《や》り繰《く》りしているようですよ」

「ほう。裏に家作があるのか……」

「ええ。小さな家作ですけど……」

「今、誰かに貸しているのかな」

「ええ。女髪結のおそのさんって人が借りていますよ」

「女髪結のおそのか……」

半兵衛は、女髪結がおそのと云う名だと知った。しかし、おそのと云う名が本名かどうかは分からない。

何れにしろ、何もかも此《これ》からだ……。

半兵衛は、冷たくなった出涸らし茶を飲み干した。


根津権現門前の宮永町の甚助長屋は、住人の永吉が殺されて住人たちは大騒ぎになった。

半次と音次郎は、住人たちに聞き込みを掛けた。

だが、遊び人の永吉が家を出入りするのを見掛けた者はいなかった。

「じゃあ、永吉を訪ねて来た者はいなかったかな……」

半次は、集まっている住人たちに訊いた。

「そりゃあ、時々いましたよ」

「どんな奴かな……」

「どんなって。遊び人や博奕打《ばくちう》ち、胡散臭い奴ばかりですよ。ねえ……」

初老のおかみさんの言葉に他のおかみさんたちは頷いた。

「そうですか……」

「そう云えば、一度だけ青い霰小紋《あられこもん》の着物を着た年増が来たのを見た覚えがありますよ」

若いおかみさんが告げた。

「青い霰小紋の着物を着た年増……」

半次は眉をひそめた。

「ええ。芸者かお妾、粋な形の年増でしたよ」

「親分……」

音次郎は、緊張を露《あら》わにした。

「ああ……」

半次は、厳しい面持ちで頷いた。

三

絵師の喜多川春国に首を吊らせ、遊び人の永吉を絞め殺したのは、同じ者の仕《し》業《わざ》なのかもしれない……。

半兵衛は読んだ。

「それで、粋な形の年増は永吉の家を訪れた事があるようです」

半次は告げた。

「粋な形の年増か……」

半兵衛は眉をひそめた。

「旦那、何か……」

「うん。今日、戯作者の柳亭玉泉の妾の家を見張っていたら、女髪結が来てね、……」

「女髪結ですか……」

「うん。で、後を尾行たら蔵前は新旅籠町にある古寺の家作に入った……」

半兵衛は、女髪結の名がおそのであり、古寺『桂福寺』の家作に住んでいるのを告げた。

「旦那、そのおそのって女髪結、ひょっとしたら粋な形の年増じゃあ……」

音次郎は思い付いた。

「かもしれないな……」

半兵衛は、小さな笑みを浮かべた。

「女髪結のおその、ちょいと見張ってみますか……」

音次郎は意気込んだ。

「旦那、桂福寺ですが……」

半次は眉をひそめた。

「うん。長い間、無住の荒れ寺だったが、五年程前に浄雲って坊主と寺男の仁吉が住み着き、少ない檀家で細々とやっているそうだ」

「旦那……」

半兵衛は告げた。

半次は、厳しさを滲ませた。

「気になるかい……」

「ええ……」

半次は頷いた。

「よし。女髪結のおその、桂福寺の浄雲と仁吉、ちょいと調べてみるんだな」

「はい……」

半次と音次郎は頷いた。

「私は戯作者の柳亭玉泉こと御家人の高田純一郎を引き続き捜すよ」

「大丈夫ですか、お一人で……」

「手が足りなきゃあ、柳橋《やなぎばし》に頼むさ……」

半兵衛は笑った。


玉池稲荷裏の仕舞屋からは、三味線《しゃみせん》の爪弾《つまび》きが洩《も》れていた。

妾のおつやが弾いているのか……。

半兵衛は見張った。

経が聞こえた。

聞き覚えのある声の経だった。

半兵衛は、経を読みながら来る饅頭笠《まんじゅうがさ》を被《かぶ》った托鉢《たくはつ》坊主を見た。
托鉢坊主は、仕舞屋を囲む板塀の木戸門前に佇み、経を読み続けた。
半兵衛は見守った。
托鉢坊主の経は、三味線の爪弾きと奇妙に合った。
半兵衛は苦笑した。
僅かな刻が過ぎ、木戸門が開いた。
妾のおつやが顔を出し、托鉢坊主に御布施《おふせ》を渡して引っ込んだ。
おつや……。
半兵衛は戸惑った。
三味線の爪弾きは続いていた。
飯炊き婆さんか……。
三味線を爪弾いているのは、飯炊きの婆さんなのだ。
半兵衛は、己の思い込みに苦笑した。
托鉢坊主は、声を張り上げて経を終えて半兵衛の許にやって来た。
「雲海坊《うんかいぼう》が来てくれたのか……」
半兵衛は、玉池稲荷裏に来る前に柳橋の船宿『笹舟《ささぶね》』に寄り、岡っ引《おかっぴき》の弥平次《やへいじ》に事の次第を話し、助っ人を頼んだ。

弥平次は、配下の中でも老練《ろうれん》な雲海坊を寄越《よこ》してくれたのだ。

「ええ。今のが妾のおつやですね」

雲海坊は、饅頭笠を上げて笑った。

「ああ。戯作者柳亭玉泉こと高田純一郎って御家人の妾だ」

半兵衛は頷いた。

「で、その柳亭玉泉、いるんですか……」

雲海坊は、板塀に囲まれた仕舞屋を眺めた。

「いや。今はいないようだ」

半兵衛は苦笑した。

「柳亭玉泉は消えたままですか……」

「うん……」

「じゃあ、御家人の高田純一郎はどうなんですかね」

「此処《ここ》を頼めるか……」

「承知……」

雲海坊は笑った。

半兵衛は、妾のおつやの家の見張りを雲海坊に任せ、下谷練塀小路の高田純一郎の組屋敷に行く事にした。

新旅籠町の古寺『桂福寺』の狭い境内では、掃き集められた枯葉が燃やされ、煙が立ち昇っていた。

半次と音次郎は、住職の浄雲と寺男の仁吉、そして家作に女髪結のおそのがいるのを見定め、一之橋の袂から新堀川越しに見張った。

住職の浄雲は小柄な年寄りであり、寺男の仁吉はがっしりした体格の若者だった。そして、おそのは地味な形をした年増だった。

刻が過ぎた。

おそのが鬢盥を提げ、古寺『桂福寺』の土塀沿いの路地から出て来た。

「親分、おそのです……」

音次郎は喉を鳴らした。

「うん……」

半次は、おそのを見守った。

おそのは、古寺『桂福寺』を出て半次と音次郎のいる一之橋に向かって来た。

半次と音次郎は、物陰に隠れた。

おそのは鬢盥を提げ、一之橋を渡って元鳥越町に向かった。

「じゃあ……」

音次郎は尾行ようとした。

「待て……」

半次は制し、『桂福寺』の山門を示した。

古寺『桂福寺』から寺男の仁吉が菅笠《すげがさ》を被って現れ、おそのを追った。

「えっ……」

音次郎は、戸惑いを浮かべた。

「仁吉、おそののお供かもな……」

半次は、寺男の仁吉が女髪結のおそのを尾行る者の警戒をすると読んだ。

「あっ、そうか……」

音次郎は、微かな緊張を過ぎらせた。

仁吉は、元鳥越町を行くおそのに続いた。

「よし。行くよ」

半次と音次郎は、おそのと仁吉の尾行を開始した。

下谷練塀小路に行き交う人は少なかった。

半兵衛は、御家人高田純一郎の組屋敷を見張っていた。

高田屋敷には御新造の雪乃がいる。

妾おつやの家に戻らない戯作者の柳亭玉泉は、御家人高田純一郎として練塀小路の組屋敷に帰ってくるかもしれない。

半兵衛は読んだ。

戯作者の柳亭玉泉は女白浪の絵草紙を書き、絵師の喜多川春国は挿絵を描いていた。そして、使いっ走りをしていた遊び人の永吉は、絵草紙に書いた女白浪の素性《すじょう》などの秘密を知ったのかもしれない。

女白浪は、絵師の喜多川春国と遊び人の永吉を口封じに殺した。

戯作者の柳亭玉泉は、逸早《いちはや》く女白浪の殺意に気が付いて姿を隠した。

女白浪は、粋な形の年増なのか……。

粋な形の年増は、女髪結のおそのなのか……。

そして、戯作者柳亭玉泉こと御家人高田純一郎は何処にいるのか……。

半兵衛は、高田屋敷を見張った。

御新造の雪乃は、家の掃除や洗濯、庭の手入れなどをし、生塵《なまごみ》などを勝手口を出た処の隅に掘った穴に棄てていた。

家の仕事に仕立物……。

雪乃は、主の帰って来ない屋敷を一人で守っているのだ。

半兵衛は、近くの老武士が高田純一郎を罵り、雪乃を哀れんだ気持ちが良く分かった。

閑散とした練塀小路を女がやって来た。

女は、四角い箱を手に提げている。

鬢盥を持った女髪結、おそのか……。

半兵衛は、物陰に隠れて見守った。

やって来た女は、睨《にら》み通り鬢盥を提げた女髪結のおそのだった。

半兵衛は見守った。

おそのは、高田屋敷の木戸門の前に佇んだ。そして、それとなく高田屋敷を窺った。

「姐《あね》さん……」

続いて菅笠を被った寺男の仁吉が、おそのに駆け寄って来た。

「如何ですかい……」

仁吉は、高田屋敷を眺めた。

「帰っていないようだよ」

おそのは、苛立《いらだ》たしげに告げた。

「確かめますか……」

「ああ……」

おそのは頷き、後退した。

仁吉は、高田屋敷の木戸門を叩いた。

「高田さま、何方《どなた》かおいでになりますか、高田さま……」

「はい。只今……」

屋敷から雪乃の声がした。


半兵衛は見守った。

「旦那……」

半次と音次郎が現れた。

「菅笠の男は寺男の仁吉かい……」

「ええ……」

半次は頷いた。

「旦那、親分……」

音次郎が、高田屋敷から出て来た雪乃を示した。


「何か……」

雪乃は、仁吉に怪訝《けげん》な眼を向けた。

「此は御新造さまですか、手前は地本問屋亀喜の遣《つか》いの者にございますが、高田さまはおいでになりますか……」

仁吉は尋ねた。

「いいえ。高田は出掛けておりますが……」

雪乃は、申し訳なさそうに告げた。

「じゃあ、夜にはお戻りになりますか……」

「さあ。此処の処、帰って来ておりませんので、何とも……」

雪乃は眉をひそめた。

「そうですか。御造作をお掛け致しました」

仁吉は頭を下げた。

「いえ。申し訳ございません。では……」

雪乃は、屋敷に戻って行った。

「やっぱり、いないようだね」

おそのは睨んだ。

「ええ。何処に隠れやがったのか……」

仁吉は吐き棄てた。

「とにかく捜すしかないよ」

おそのと仁吉は、練塀小路を南に向かった。

南には神田相生町《あいおいちょう》から佐久間町《さくまちょう》、そして神田川がある。


「じゃあ旦那……」

「ああ。相手はおそらく喜多川春国と永吉を殺した奴らだ。気を付けてな」

半兵衛は告げた。

「はい……」

半次と音次郎は、女髪結のおそのと寺男の仁吉を追った。

半兵衛は見送った。

高田屋敷から微かな物音がした。

半兵衛は、木戸門に忍び寄って屋敷内を窺った。


雪乃は、勝手口を出た処の隅に掘った穴に野菜などの生塵を棄てていた。

半兵衛は、微かな腐臭が漂っているのに気が付いた。

雪乃は、穴に野菜などの生塵を棄て、小さな吐息を洩らして勝手口から屋敷に戻って行った。

半兵衛は見送った。


玉池稲荷裏の板塀を廻した仕舞屋に出入りする者はいなかった。

雲海坊は、托鉢をしながら仕舞屋を見張っていた。

鬢盥を持った女髪結は、柳原通りから玉池稲荷の傍をやって来た。

雲海坊は見守った。

女髪結は、仕舞屋に廻された板塀の木戸門の前に立ち止まった。

雲海坊は、物陰に身を寄せた。

菅笠を被った男が追って現れ、女髪結をそれとなく一瞥《いちべつ》した。

通じている……。

雲海坊は、女髪結と菅笠の男に拘わりがあると見抜いた。

女髪結は、菅笠の男を振り返って頷いた。

菅笠の男は、仕舞屋の横手の路地に素早く駆け込んだ。

女髪結は見届け、仕舞屋の板塀の木戸門を叩いた。

「髪結のおそのです。婆やさんはおいでですか……」

女髪結のおそのは、仕舞屋に声を掛け始めた。

雲海坊は、路地に駆け込んだ菅笠の男が気になった。

「雲海坊……」

半次が、背後に現れた。

「半次の親分、菅笠の野郎は路地ですぜ」

雲海坊は報《しら》せた。

「よし。野郎は新旅籠町の桂福寺の寺男の仁吉だ……」

半次は云い残し、仕舞屋の路地に向かった。

雲海坊は、女髪結のおそのを見守った。

女髪結のおそのは、仕舞屋から出て来た飯炊き婆さんと挨拶を交わしていた。

雲海坊は、音次郎が離れた処から見張っているのに気が付いた。


半次は、仕舞屋の反対側に廻り、路地を窺った。

路地の奥では、寺男の仁吉が仕舞屋の板塀に登り、家の中を覗いていた。

仁吉の野郎……。

半次は、仁吉の出方を窺った。

次の瞬間、仁吉は板塀から跳び下りて路地から出て行った。

仕舞屋に戯作者の柳亭玉泉がいるかどうか見定めようとしていた。

半次は、仁吉の動きを読んだ。


女髪結のおそのは、飯炊き婆さんとお喋りをしていた。

仁吉が路地から現れ、女髪結のおそのと飯炊き婆さんの背後を通り抜けた。

「それじゃあ、おかみさんに御用の時は、いつでもお声掛けをと、お伝え下さいね」

女髪結のおそのは、飯炊き婆さんに慣れた手付きで小粒を握らせた。

「あら、いつもすまないねえ……」

飯炊き婆さんは、嬉しげに小粒を固く握り締めた。

「いいえ。じゃあ……」

女髪結のおそのは、飯炊き婆さんと別れて仁吉に続いた。

音次郎が物陰から現れ、仁吉と女髪結のおそのを追った。

雲海坊は見送った。

半次が現れた。

「仁吉は仕舞屋を覗いて戯作者の柳亭玉泉を捜していたようだ。じゃあな……」

半次は、雲海坊に囁いて女髪結のおそのを追って行った。

雲海坊は見送った。

戯作者柳亭玉泉は、妾のおつやの仕舞屋にはいない……。

女髪結のおそのと寺男の仁吉が、戯作者の柳亭玉泉こと御家人高田純一郎を捜しているのは間違いない。

柳亭玉泉は何処にいるのか……。

此の妾のおつやの仕舞屋に現れるのかもしれない。

見張るしかない……。

雲海坊は、妾のおつやの仕舞屋を見張り続けた。


女髪結のおそのと寺男の仁吉は、柳原通りに出て両国広小路に向かった。

音次郎は尾行た。

半次が追い付いて来た。

「親分……」

「おそのと仁吉、柳亭玉泉が妾のおつやの家にいるか、見定めようとしている」

半次は告げ、神田川に架かっている新シ橋に曲がって行くおそのと仁吉を追った。


高田屋敷の木戸門が開いた。

雪乃が風呂敷包みを抱えて現れ、下谷広小路の方に向かった。

仕立て上がった着物を呉服屋に届けるのか、それとも夫の高田純一郎こと戯作者柳亭玉泉と何処かで落ち合うのか……。

半兵衛は、雪乃を追った。

女髪結のおそのと寺男の仁吉は、古寺『桂福寺』の家作と庫裏に帰った。

半次と音次郎は、新堀川に架かっている一之橋の袂から古寺『桂福寺』の見張りに付いた。

古寺『桂福寺』の住職浄雲は何者なのだ。

寺男の仁吉を見る限り、素人《しろうと》ではなく裏渡世《うらとせい》に拘わっている。そして、女髪結のおそのは、女白浪なのは間違いない。

となると、住職の浄雲も何らかの拘わりがあるのに間違いないのだ。

半次は、古寺『桂福寺』の住職浄雲の素性が気になった。


下谷広小路は賑わっていた。

雪乃は、上野新黒門町《うえのしんくろもんちょう》の呉服屋を訪れた。

半兵衛は、店先から見守った。

雪乃は、帳場で番頭に仕立て上がった着物を見せていた。

四半刻（三十分）が過ぎた。

雪乃は、仕立て上がった着物を呉服屋に渡して出て来た。

下谷練塀小路の組屋敷に帰るのか……。

半兵衛は、雪乃の動きを見守った。

雪乃は、下谷広小路の賑わいを抜けて不忍池に向かった。

下谷練塀小路とは反対側だ。

組屋敷には戻らない……。

半兵衛は読んだ。

夫の高田純一郎と落ち合うのか……。

半兵衛は、雪乃を慎重に尾行た。

四

不忍池の畔には、散策を楽しむ人が僅かにいた。

雪乃は、不忍池を眺めながら畔を進んだ。

半兵衛は尾行た。

雪乃は、不忍池の畔にある小さな茶店に入った。そして、亭主に茶を頼んで店先の縁台に腰掛けた。

誰かと落ち合うのか……。

半兵衛は、木陰から見守った。
雪乃は、運ばれた茶を飲みながら不忍池を眺めた。
不忍池には水鳥が遊び、幾重にも広がる波紋が煌めいた。
雪乃は、眼を細めて広がる波紋の煌めきを眺めた。
妙に穏やかだ……。
若い妾を囲い、滅多《めった》に帰って来ない夫を待ち続けている妻とは思えない穏やかさだ。
雪乃は、奇妙な穏やかさを漂わせている。
何故だ……。
半兵衛は、微かな戸惑いを覚えた。
雪乃は茶を飲み、不忍池を眺めて微笑《ほほえ》みを浮かべた。
婉然《えんぜん》たる微笑みだった。
雪乃には何かある……。
半兵衛の勘が囁いた。

柳橋の船宿『笹舟』は、神田川からの微風《そよかぜ》に暖簾《のれん》を揺らしていた。

「坊主に化ける小柄な年寄りかい……」

岡っ引の柳橋の弥平次は眉をひそめた。

「ええ。親分が御存知の盗人にそんな野郎はいませんかね……」

半次は、江戸でも名高い岡っ引、柳橋の弥平次を訪れていた。

「うん。俺は逢った事も見た事もないが、噂は聞いた事があるよ」

弥平次は小さく笑った。

「いるんですかい……」

半次は、身を乗り出した。

「ああ。和尚の宗平《そうへい》って一人働きの盗人でな。旅の雲水《うんすい》を装《よそお》って土地の御大尽《おだいじん》や寺に泊めて貰い、金や金目の物を盗む。そいつが小柄で穏やかな年寄りだそうだ。尤《もっと》も此処《ここ》の処《ところ》、噂も何も聞かなかったがな……」

弥平次は告げた。

「和尚の宗平ですか。桂福寺の住職の浄雲に間違いなさそうですね」

半次は頷いた。

「そうかい。となると、女髪結のおそのと寺男の仁吉ってのも盗人と見て間違いないだろうな」

弥平次は読んだ。

「はい。間違いありません。必ず正体を突き止め、暴いてやりますよ」

半次は笑った。

「半次、仔細《しさい》は半兵衛の旦那から聞いている。手が足らないなら、雲海坊の他に由松《よしまつ》や勇次《ゆうじ》も助っ人に出すぜ」

「柳橋の親分。今の処は大丈夫です。その時は宜しくお願いします」

半次は、弥平次に頭を下げた。


不忍池に夕陽が映えた。

雪乃は、茶店の縁台に腰掛けたまま夕陽に染まる不忍池を眺めた。

半兵衛は見守った。

雪乃は、夫の高田純一郎が帰って来るかもしれないのを気にする様子もなく、落ち着いた風情《ふぜい》で不忍池を眺めていた。

やはり妙だ……。

半兵衛は眉をひそめた。

不忍池を眺める雪乃の横顔は、夕陽に赤く照らされていた。

東叡山寛永寺の鐘が暮六つ（午後六時）を報せ始めた。

雪乃は、亭主に茶代を払って茶店を後にした。

組屋敷に帰るのか……。

半兵衛は追った。


新堀川を行き交う舟は、流れに船行燈《ふなあんどん》の明かりを揺らした。

古寺『桂福寺』は山門を閉じた。

半次は、柳橋の船宿『笹舟』から戻り、音次郎と見張りを続けていた。

半兵衛がやって来た。

「旦那……」

半次と音次郎は迎えた。

「どうだい……」

「昼間、おそのと仁吉が妾のおつやの家に柳亭玉泉がいないか探りに行きましたよ」

半次は報せた。

「おそのたちも焦っているようだね……」

半兵衛は読んだ。

「ええ。それから、柳橋の弥平次親分に訊いたんですが、桂福寺の住職の浄雲、和尚の宗平って一人働きの盗人かもしれません」

「和尚の宗平か……」

「ええ。ま、肝心の女髪結のおそのの正体は未だですがね」

半次は苦笑した。

「そうか……」

「で、旦那の方は……」

「うん。戯作者柳亭玉泉こと高田純一郎、組屋敷に戻らないのだが……」

半兵衛は眉をひそめた。

「どうかしたんですか……」

「御新造の雪乃、どうにも妙でね……」

「妙……」

半次は、思わず訊き返した。

「ああ……」

半兵衛は頷いた。

「旦那、親分……」

古寺『桂福寺』の裏手に続く土塀沿いの路地から三人の人影が出て来た。

大柄な仁吉、小柄な浄雲、そして女髪結のおそのだった。

三人は辺りを油断なく窺い、新堀川に架かっている一之橋を渡り、元鳥越町に向かった。

「旦那、おそのと仁吉、それに浄雲です」

半次は告げた。

「ああ。坊主の浄雲、盗人の和尚の宗平に違いないようだな」

「はい」

半次は、喉を鳴らして頷いた。

「よし、追うよ」

半兵衛は、不敵な笑みを浮かべた。

仁吉、おその、浄雲は、元鳥越町を足早に進んだ。

半兵衛、半次、音次郎は追った。

元鳥越町から鳥越川に架かる甚内橋《じんないばし》を渡り、七曲《なな》がりを抜けて神田川沿いの道に出る。そして、神田川に架かっている新シ橋を渡って玉池稲荷に行く……。

半兵衛は睨んだ。

「行き先、妾のおつやの家ですか……」

半次は読んだ。

「おそらくね。音次郎、妾のおつやの家に先廻りをして、雲海坊にちょいと様子を見るように伝えてくれ」

半兵衛は命じた。

「合点です。じゃあ、一足お先に……」

音次郎は、猛然と裏路地に駆け込んだ。

「旦那……」

「うん。おそのたちが何をするか見定めてからだ……」

半兵衛と半次は、仁吉、おその、浄雲を暗がり伝いに追った。

玉池稲荷裏の板塀の廻された仕舞屋は、明かりが消された。

妾のおつやと飯炊き婆さんは、もう出掛ける事もなく寝るのだ。

後はやってくる者だ……。

雲海坊は、後一刻（二時間）程、戯作者の柳亭玉泉がやって来ないか見張るつもりだった。

若い男が駆け寄って来た。

雲海坊は物陰に潜み、見守った。

若い男は、仕舞屋の前に立ち止まり、息を弾ませながら辺りを見廻した。

音次郎だ……。

雲海坊は気が付き、懐から金剛鈴《こんごうれい》を出して短く鳴らした。

金剛鈴の音が短く鳴った。

音次郎は、雲海坊の居場所に気が付いて駆け寄った。

「どうした、音次郎……」

「はい……」

音次郎は、おそのたちの動きと半兵衛の伝言を報せた。

「そうか……」

雲海坊は、楽しそうな笑みを浮かべた。

刻が過ぎた。

雲海坊と音次郎は、妾のおつやの仕舞屋を見張った。

通りの暗がりが揺れた。

「雲海坊さん……」

音次郎は、揺れた暗がりを見詰めた。

「来たか……」

雲海坊は、揺れた暗がりから仁吉、おその、浄雲が来るのを見定めた。

「睨み通りだな……」

雲海坊と音次郎は、身を潜めて仁吉、おその、浄雲を見守った。


仁吉、おその、浄雲は、暗がりに潜んで妾のおつやの仕舞屋を窺った。

仕舞屋は明かりを消して寝静まっていた。

「よし……」

仁吉は、板塀を身軽に跳び越え、中から木戸門を開けた。

おそのと浄雲が入り、木戸門を閉めた。

「さあて、何をする気か……」

雲海坊と音次郎は、暗がりを出て仕舞屋の前に出た。

半兵衛と半次がやって来た。

「旦那、半次の親分……」

雲海坊は、笑顔で迎えた。

「造作を掛けるね、雲海坊……」

半兵衛は、雲海坊を労《ねぎら》った。

「いいえ。奴らは仕舞屋に……」

「よし……」

半兵衛は、妾のおつやの仕舞屋に向かった。


有明行燈《ありあけあんどん》は、寝ている妾のおつやを仄《ほの》かに照らしていた。

おつやは、豊満な胸元を露わにして鼾《いびき》のような寝息を立てて眠っていた。

縛られ猿轡《さるぐつわ》を噛まされた飯炊き婆さんは、浄雲に突き飛ばされ、寝ているおつやの上に倒れ込んだ。

おつやは驚き、跳ね起きた。

刹那《せつな》、仁吉がおつやを背後から押さえ、素早く口を塞《ふさ》いだ。

おつやは、恐怖に眼を瞠《みは》った。

おそのが現れ、おつやに匕首《あいくち》を突き付けた。

「おつやさん、戯作者の柳亭玉泉は何処に隠れているんだい」

おそのは訊いた。

「し、知らない……」

おつやは、嗄《しやが》れ声を引《ひ》き攣《つ》らせた。

おそのは、おつやの頬を平手打ちにした。

おつやは、悲鳴を洩らして倒れ掛けた。

仁吉が押さえた。

「おつや、女白浪の七化《ななばけ》おりょうを嘗《な》めちゃあいけないよ」

おそのは、女白浪七化おりょうと名乗り、おつやの豊満な胸元に匕首の鋒《きつさき》を走らせた。

血が白い肌に赤い糸のように浮かんだ。

「本当です。本当に玉泉の旦那が何処にいるのか、知らないんです」

おつやは、泣き声を震わせた。

「おつや、七化の姐さんを怒らせたら命はないよ。知っている事は素直に吐きな」

浄雲は、おつやに笑い掛けた。

「でも、知らないんです。本当に……」

おつやは、子供のように泣き出した。

「七化の姐さん、和尚の親父さん、おつやは本当に知らないようですぜ」

仁吉は眉をひそめた。

「玉泉の野郎、遊び人の永吉を使ってこっちの素性を摑み、絵草紙に書かれたくなければ、盗賊働きで稼いだ金の二割を寄越せなどと抜かし、手始めに書き上げた絵草紙の挿絵の女白浪の顔を私に似せやがって……」

おそのこと七化おりょうは、怒りに満ちた面持ちで吐き棄てた。

「七化の。玉泉は絵師の喜多川春国と永吉が殺されて、恐れをなして姿を隠した。次におつやたちを始末すれば、二度と下手な真似はしねえだろう」

浄雲こと和尚の宗平は嘲笑《ちようしよう》した。

「だったら良いけどね」

七化おりょうは苦笑した。

「じゃあ、七化の姐さん、和尚の親父さん……」

仁吉は、おつやの首に腕を廻した。

「助けて、助けてよ……」

おつやは、泣きながら踠《もが》いた。

「よし、そこ迄だ」

半兵衛の声が響いた。

七化おりょう、仁吉、和尚の宗平は驚いた。

襖《ふすま》が開き、半兵衛が現れた。

おりょう、仁吉、宗平は怯《ひる》んだ。

刹那、半次と音次郎が縁側の障子を蹴破って跳び込み、おつやと飯炊き婆さんを助けた。

おりょうは、半兵衛に匕首で突き掛かった。

半兵衛は、おりょうの匕首を握る手を摑んで張り飛ばした。

おりょうは倒れた。

仁吉が逃げた。

雲海坊が現れ、錫杖《しやくじよう》で仁吉の向《む》こう臑《ずね》を打ち払った。

仁吉は、悲鳴を上げて倒れた。

「神妙にしやがれ」

音次郎が飛び掛かり、馬乗りになって縄を打った。

宗平は逃げようとした。

「馬鹿野郎……」

半次が十手を振るって飛び掛かり、殴り飛ばした。

半兵衛は、七化おりょうを押さえた。

「女白浪の七化おりょう、絵師の喜多川春国と遊び人の永吉殺しでお縄にするよ」

半兵衛は告げた。

「分かりましたよ」

七化おりょうは、抗《あらが》うのを止めた。

「潔《いさぎよ》いな……」

「取柄《とりえ》、それしかありませんのでね」

七化おりょうは苦笑した。

「流石《さすが》は女白浪七化おりょうか……」

半兵衛は笑い掛けた。

「処で旦那、戯作者の柳亭玉泉、何処にいるか御存知ですか……」

「はっきりはしないが、おそらく練塀小路の組屋敷かな……」

半兵衛は睨んだ。

「でも、組屋敷には御新造がいるだけで……」

おりょうは眉をひそめた。

「おりょう、いたくているとは限らない……」

半兵衛は苦笑した。


下谷練塀小路の高田屋敷は、木戸門を閉めて静寂に包まれていた。

「高田さま、御新造さま、おいでになりますか……」

音次郎は、木戸門を叩いて呼び掛けた。

だが、高田屋敷から返事はなかった。

「音次郎……」

半兵衛は促した。

「はい……」

音次郎は、板塀を身軽に乗り越えて内側から木戸門を開けた。

半兵衛と半次は、高田屋敷に入った。

高田屋敷には微かに伽羅《きやら》の香りがした。

「旦那……」

半次は眉をひそめた。

「うん。伽羅の香りだ……」

遅かったかもしれない……。

半兵衛は、高田屋敷内の奥に進んだ。

半次と音次郎は続いた。

半兵衛は、微かに伽羅の香りのする座敷に進んだ。


伽羅の香りが漂っていた。

座敷の閉められた障子には、陽差しが白く映えていた。

床の間に火の消えた香炉《こうろ》が置かれ、雪乃が倒れていた。

「御新造……」

半兵衛は、雪乃に駆け寄って抱き起こした。

雪乃は、既に息を引き取り、冷たくなっていた。

「旦那……」

半次と音次郎は驚き、言葉を失った。

半兵衛は、雪乃の遺体を静かに横たえて手を合わせた。

「旦那……」

半次が、空の湯呑茶碗を持っていた。

「隅に転がっていましたが、石見銀山《いわみぎんざん》の臭いが僅かにします」

「石見銀山か……」

半兵衛は、雪乃が石見銀山を飲んで自害したのを知った。

「はい。それにしても、どうして……」

半次は眉をひそめた。

「己の罪を償《つぐな》ったのだろう」

「御新造の罪……」

半次は、戸惑いを浮かべた。

「うん。半次、音次郎、庭の隅にある塵捨場《ごみすてば》を掘ってみな」

半兵衛は、厳しい面持ちで命じた。

半次と音次郎は、裏庭の隅にある塵捨場を掘り返した。

腐臭が漂った。

半次と音次郎は掘り返した。

半兵衛は見守った。

「親分……」

音次郎は、掘り返す手を止めた。

半次は、穴の底を覗いた。

「旦那……」

半次は、塵の下に見える泥に汚れた男の死に顔を示した。

死に顔の持ち主は、戯作者柳亭玉泉こと御家人高田純一郎だった。

「やはり、塵捨場に埋められていたか……」

「高田純一郎さまですか……」

「ああ……」

半兵衛は、厳しい面持ちで頷いた。

戯作者柳亭玉泉こと御家人の高田純一郎は、女白浪の七化おりょうたちに命を狙われ、組屋敷に逃げ込んだ。

日頃から侮《あなど》られ蔑《ないがし》ろにされていた妻の雪乃は、妾の許から逃げ帰って来た夫の高田純一郎を殺して塵捨場に埋めた。

腐臭が湧いても気付かれぬように……。

そして、捕らえられるのを嫌って石見銀山を飲んで自害した。

大久保忠左衛門は、女白浪七化おりょうと和尚の宗平や仁吉を死罪に処した。

半兵衛は、御家人高田純一郎と妻雪乃の一件に知らぬ顔を決め込んだ。

「世の中には、我々町奉行所の者が知らん顔をした方が良い事もある……」

半兵衛は、不忍池の煌めきを眺める雪乃の穏やかな微笑みを思い浮かべた。

穏やかな微笑みは、長年苦しめられて来た不実な夫を始末した矜持《きようじ》と喜びの証《あかし》だったのかもしれない。

半兵衛は知った。

# 第三話　天眼通

## 一

「天眼通《てんがんつう》……」

半兵衛は、思わず訊き返した。

「ええ。芝《しば》二丁目にある呉服屋に盗賊が押し込むと云《い》い出しましてね。三日後、本当に呉服屋に押し込みがあったそうですぜ」

廻り髪結の房吉は、半兵衛の髷を結いながら告げた。

「成《な》る程《ほど》、天眼通か……」

〝天眼通〟とは、遠くにあるものを見たり、透視をしたりする眼によって自在に対象を見透《みとお》す力を持つ者を称した。

「ええ……」

「面白いね」

「でしょう……」

房吉は、結い上げた半兵衛の髷に元結を巻きながら笑った。

「うん。で、その天眼通、どんな奴なんだい」

「何でも高輪北町《たかなわきたまち》の酒問屋に奉公する十四歳の子守娘《こもりむすめ》でしてね。問屋場《といやば》の馬が暴れ、子守りしていた赤ん坊を庇《かば》って頭を蹴られ、以来天眼通になったとか……」

「十四歳の子守娘が馬に蹴られて天眼通か……」

半兵衛は眉をひそめた。

「ええ。本当かどうか分かりませんがね。でも、呉服屋が娘の云う通り、盗賊の押し込みに遭《あ》ったのは本当ですよ」

房吉の日髪日剃は終わりに近付いた。

「うん……」

半兵衛は頷《うなず》いた。

江戸《えど》湊袖ヶ浦《みなとそでうら》には白波が打ち寄せ、青い海原には千石船《せんごくぶね》が行き交っていた。

半兵衛は、半次や音次郎と江戸の南の入口である高輪の大木戸《おおきど》を訪れた。

高輪の大木戸には問屋場、土産物屋《みやげものや》、立場《たてば》、茶店などが軒《のき》を連ね、馬糞《ばふん》の臭いと土埃《つちぼこり》が漂っていた。

人足、馬方、駕籠《かご》舁き……。

多くの者が忙しく働いていた。

半兵衛は、半次や音次郎と茶店の縁台《えんだい》に腰掛け、亭主に茶を頼んだ。

多くの旅人たちが行き交っていた。

「お待たせ致しました……」

茶店の亭主が茶を持って来た。

「うん……」

半兵衛は茶を啜《すす》った。

「処《ところ》で亭主、高輪には天眼通がいるそうだね」

半兵衛は尋ねた。

「お聞きになりましたか、御役人さま。そうなんでございますよ」

茶店の亭主は笑った。

「何でも十四歳の子守娘だそうだね」

「ええ。おたまちゃんと云いましてね。盗賊の押し込みを当て、落とし物の財布を見付け、迷子の居所を見透しましてね。そりゃあ大変なものにございますよ」

「へえ。おたまちゃんか。そいつは凄いな……」

音次郎は感心した。

「ええ。それで、いろいろ見透して貰いたい人たちが金を持って列をなしましてね」

「ほう。金を持って列をねえ……」

半次は眉をひそめた。

「そいつは大変だな。して、その天眼通のおたま、金を貰って他人の頼みを聞いてやっているのかな」

半兵衛は尋ねた。

「いえ。本人が嫌がり、酒問屋の御隠居の義兵衛《ぎへえ》さまも駄目だと仰《おっしゃ》いましてね。天眼通は本人が見た時だけの事にございますよ」

「成る程、そいつは良い……」

半兵衛は、十四歳の子守娘おたまと酒問屋の隠居の義兵衛の判断を良しとした。

酒問屋『菱屋《ひしや》』は、高輪の大木戸の先、高輪北町にあった。

半兵衛は、半次や音次郎と酒問屋『菱屋』の前に佇《たたず》んだ。

酒問屋『菱屋』は老舗《しにせ》であり、多くの客が賑《にぎ》やかに出入りしていた。

「かなり繁盛《はんじよう》していますね」

半次は眺《なが》めた。

「うん……」

「旦那、親分……」

音次郎が、酒問屋『菱屋』の脇の路地を示した。

赤ん坊をねんねこ半纏《ばんてん》に包《くる》んで背負った子守娘が出て来た。

半兵衛と半次は、子守娘がおたまだと気が付いた。

おたまは、赤ん坊を負ぶって足早に一方に向かった。

「おたまちゃんですね」

音次郎は睨《にら》んだ。

「うん。音次郎、それとなく見張ってみてくれ……」

半兵衛は指示した。

「合点です。じゃあ……」

音次郎は、赤ん坊を負ぶって行くおたまを追った。

「じゃあ、ちょいと隠居の義兵衛に逢ってみるか……」

「はい……」

半兵衛は、半次を伴って酒問屋『菱屋』の暖簾《のれん》を潜った。


酒問屋『菱屋』の隠居の義兵衛は、訪れた半兵衛と半次を離れ座敷に通した。

離れ座敷は、東海道の賑わいをよそに静かであり、手入れされた庭には鹿威《ししおど》しの音が響いた。

半兵衛と半次は、出された茶を飲んで隠居の義兵衛を待った。

「お待たせ致しました……」

恰幅《かっぷく》の良い隠居の義兵衛が、穏《おだ》やかな面持《おもも》ちでやって来た。

「酒問屋菱屋の隠居の義兵衛にございます」

義兵衛は、白髪頭を深々と下げた。

「私は北町奉行所の白縫半兵衛、こっちは本湊の半次。急に訪れたのは他でもない……」

「天眼通のおたまの事にございますか……」

義兵衛は、半兵衛たちが訪れた理由を読んだ。

「うむ。いろいろ噂を聞いてね」

半兵衛は、義兵衛に笑い掛けた。

「お騒がせを致しまして申し訳ございません」

「いやいや。詫《わ》びる事はない。して、問屋場の馬が暴れ、頭を蹴られて天眼通になったと云うのはまことなのか……」

「はい。おたまは素直な働き者でして、孫の直吉《なおきち》の子守りをしていて暴れ馬と出《で》会《くわ》し、孫を庇って逃げたのですが、運悪く頭を蹴られて気を失い……」

義兵衛は、白髪眉をひそめた。

「そいつは気の毒に……」

「ですが、幸いな事に骨が折れたり、血が出るような怪我もなく、半刻程で気を取り戻したのでございます」

「それで、天眼通になったのか……」

半兵衛は念を押した。

「はい。その日の夜、寝ていたのがいきなり眼を覚まし、芝二丁目の呉服屋大野《おおの》屋《や》さんに盗賊が押し込むと云い出したのです」

「その時、寝惚《ねぼ》けているような事は……」

半次は尋ねた。

「女中頭の話では寝惚けてはいなかったと……」

「そうですか……」

半次は頷いた。

「ですが、呉服屋の大野屋さんに異変はなく、夢でも見たのだろう思っていたら、三日後に盗賊の押し込みが本当にあったのでございます」

義兵衛は告げた。

「成る程……」

「それから、落とし物を見付けたり、迷子の居場所などを見透し……」

「天眼通だと思ったか……」

半兵衛は微笑んだ。

「はい。左様にございます」

義兵衛は頷いた。

「それで、多くの者が金を持って己の行く末を見て貰いに来たか……」

「はい。ですが、おたまは嫌がり、手前も天眼通を商売にすれば、あらぬ事に巻き込まれる恐れがあると思い……」

「反対したか……」

「はい。何分《なにぶん》にも未だ未だ子供、孫の直吉の命の恩人でもありますので……」

「うむ。御隠居の申される通りだな」

半兵衛は、義兵衛の言葉に頷いた。

「白縫さまもそう思われますか……」

義兵衛は、安堵《あんど》の笑みを浮かべた。

「うむ。して御隠居、近頃、おたまは天眼通で何か見てはいないのかな」

「それでございますが白縫さま、おたまは今朝方、二本榎町《にほんえのきまち》のお寺が燃えているのを見たと云い出しましてね」

義兵衛は、厳しい面持ちで告げた。

「二本榎町の寺が火事……」

半兵衛は眉をひそめた。

「はい……」

義兵衛は、喉《のど》を鳴らして頷いた。

二本榎町は寺町であり、多くの寺が山門を連ねている。

おたまは、天眼通でその二本榎町の寺の一軒が燃えているのを見たのだ。

「旦那……」

半次は、緊張を滲《にじ》ませた。

「うん……」

半兵衛は頷いた。


長禅寺《ちょうぜんじ》は高輪北町の外れにあり、長い参道の奥に境内《けいだい》や本堂があった。

おたまは、境内で赤ん坊の直吉をあやしていた。

音次郎は見守った。

「ほら、直吉ちゃん、風車《かざぐるま》だよ……」

おたまは、風車に息を吹き掛け、直吉に廻して見せていた。

直吉は、小さな手足を動かして声を上げて笑った。

おたまは、楽しそうに赤ん坊の直吉をあやしていた。

羽織を着た中年男と若い男が現れ、おたまと直吉に近寄った。

音次郎は眉をひそめた。

「やあ。酒問屋菱屋のおたまちゃんだね」

羽織を着た中年男は、親しげな笑顔でおたまに声を掛けた。

「は、はい……」

おたまは、赤ん坊の直吉を抱き上げ、警戒する面持ちで頷いた。

「ちょいと、天眼通で見て貰いたい事があってね。礼金は弾むから一緒に来てくれないかな……」

羽織を着た中年男は、おたまに笑い掛けた。

「そんな事、していませんから……」

おたまは、赤ん坊の直吉を手早く負ぶってねんねこ半纏を羽織り、立ち去ろうとした。

「待ちな。おたま……」

若い男は、直吉を負ぶったおたまの前に立ちはだかった。

「退《ど》いて下さい」

おたまは頼んだ。

「いいじゃあねえか、金が貰えるんだから……」

若い男は笑い掛けた。

「嫌です」

おたまは、通り抜けようとした。

若い男は、おたまの手を摑《つか》んだ。

風車が落ちた。

「離して……」

おたまは踠《もが》いた。

刹那《せつな》、音次郎が駆け寄り、おたまの手を摑む若い男の腕を十手で鋭く打ち据えた。

若い男は、悲鳴を上げておたまから離れた。

「手前ら、拐《かどわ》かしか……」

音次郎は怒鳴り、おたまを庇って十手を構えた。

羽織を着た中年男と若い男は、慌てて長い参道に逃げようとした。

だが、参道から半兵衛と半次が現れた。

「旦那、親分。そいつら、おたまちゃんを拐かそうとしやがった」

音次郎は叫んだ。

「何だと……」

半次は、羽織を着た中年男と若い男の前に立ちはだかった。

「冗談じゃあねえ」

羽織を着た中年男は、半次を押《お》し退《の》けて立ち去ろうとした。

「野郎……」

半次は、羽織を着た中年男を十手で殴り飛ばした。

若い男は、音次郎に打ち据えられた腕を庇ってへたり込んだ。

「さあて、何者かな、お前たちは……」

半兵衛は、羽織を着た中年男と若い男を厳しく見据えた。


羽織を着た中年男と若い男は博奕打《ばくちう》ちであり、今夜の賽子賭博《さいころとばく》の丁半《ちょうはん》の出方を天眼通で見透して貰って一稼ぎしようと企《たくら》み、おたまに近付いたのだ。

天眼通を商売にすれば、あらぬ事に巻き込まれる……。

半兵衛は、隠居の義兵衛の心配を思い出した。そして、羽織を着た中年男と若い男は呵責《しかり》の刑に処し、二度とおたまに近付かないと約束させた。

「ありがとうございました」

おたまと義兵衛は、半兵衛、半次、音次郎に深々と頭を下げて礼を述べた。

「礼には及ばないよ。処でおたま、二本榎町の寺が燃えているのを見たそうだね」

半兵衛は笑い掛けた。

「は、はい……」

おたまは頷き、義兵衛に不安げな眼を向けた。

「おたま。白縫さまたちに何でも話しなさい」

義兵衛は勧めた。

「はい……」

おたまは頷き、半兵衛を見詰めた。

「じゃあ、訊くが、火事はいつの事かな……」

「今夜です」

おたまは告げた。

「今夜……」

半兵衛は眉をひそめた。

「旦那……」

半次と音次郎は緊張した。

「うん。おたま、もう一度訊くよ。今夜、二本榎町の寺が火事になるんだね」

半兵衛は念を押した。

「はい。今日の朝、不意に見たんです」

おたまは、不安げに告げた。

「そうか。して、二本榎町の何処《どこ》の寺か分かるかな……」

「何てお寺か名前は分かりませんが、門前町がなく、通りに面しているお寺でした……」

おたまは、首を捻《ひね》りながら告げた。

「通りに面した寺か……」

「旦那、とにかく今夜、二本榎町に行ってみますか……」

半次は眉をひそめた。

「そうだな……」

半兵衛は頷いた。


日が暮れ、酒問屋『菱屋』などの店は大戸を閉めた。

「音次郎、私と半次は、二本榎町に行く。お前は酒問屋菱屋に残り、おたまと義兵衛たち店の者の動きを見張るのだ」

半兵衛は、おたまの天眼通の背後に潜《ひそ》んでいるものがあるのか、見定めようとした。

「合点です……」

音次郎は、二本榎町の寺町に行く半兵衛と半次を見送り、酒問屋『菱屋』の見張りについた。

二本榎町は、高輪北町《たかなわきたまち》から遠くはない。

半兵衛と半次は、高輪北横町を抜けて二本榎町に進んだ。

二本榎町には様々な寺が山門を連ね、本堂の屋根は月明かりに蒼白く輝いていた。

半兵衛と半次は、二本榎町と高輪北横町を繋《つな》ぐ辻に潜み、鈎《かぎ》の手《て》になっている通りに面した寺々の見張りを始めた。

「火事、起こりますかね……」

半次は、鈎の手になっている二つの通りを眺めた。

「さあて。起これればおたまの天眼通は本物って事になるが、誰かが背後で仕組んでいるとなると面倒だな」

半兵衛は苦笑した。

東海道に人通りは絶え、酒問屋『菱屋』から洩《も》れていた明かりも消えた。
音次郎は、斜向《はすむ》かいの路地に潜んで見張った。
おたまが出掛ける事はなかった。
それは、隠居の義兵衛を始めとした店の者たちも同じだった。
音次郎は見張った。

刻は過ぎた。
二本榎町に連なる寺々は、月明かりの中に沈んでいた。
半兵衛と半次は、鈎の手になっている通りの寺々を見張り続けた。
「旦那……」
半次は、二本榎町の通りに浮かんだ提灯《ちょうちん》の明かりを示した。
半兵衛は見詰めた。
提灯を手にした男がやって来た。
半兵衛と半次は見守った。

提灯を手にした男は、夜更けだと云うのに急ぐ気配もなく、まるで散歩でもしているかのような足取りでやって来ていた。

「夜更けに散歩でもしているんですかね」

半次は、戸惑いを浮かべた。

「さあて、そいつはどうかな……」

半兵衛と半次は、提灯を手にしてやって来る男を見守った。

提灯を持った男は、或る寺の山門の前に立ち止まった。

半次は、懐の十手を握り締めた。

男は、提灯を翳《かざ》して寺の山門や土塀を見廻した。

「半次……」

半兵衛は、厳しい声音で囁《ささや》いた。

「はい……」

半次は、懐から十手を出した。

男は、腰から竹筒を外して中の液体を山門の扉に浴びせ掛けた。

油だ……。

「油ですぜ」

半次は読んだ。

「ああ。どうやら付け火をするつもりだ」

半兵衛は睨んだ。

次の瞬間、男は門扉に掛けた油に提灯の火を放った。

火は燃え上がった。

「半次、男を捕らえろ……」

半兵衛は半次に命じ、巻羽織を脱ぎながら燃える門扉に走った。

男は、飛び出して来た半兵衛と半次に驚いて逃げた。

「神妙にしろ……」

半次は男に飛び掛かり、十手で殴り倒した。

門扉は燃えた。

おたまが天眼通で見た光景だ……。

半兵衛は、燃える門扉の火を巻羽織で叩き消し続けた。

二

半兵衛は、門扉の火を消し、寝ていた寺の者を起こした。

寺の者は驚きながら、門扉の火を消した後始末をし始めた。

半兵衛と半次は、捕らえた男を自身番に引き立て、板の間の鉄輪に繋《つな》いだ。

「さあて、名前を聞かせて貰おうか……」

半兵衛は、男を厳しく見据えた。

「せ、清六《せいろく》です……」

男は、清六と名乗った。

「清六か……」

「はい……」

「清六、あの寺に火を付けたのは何故だ」

「火を付《つ》け易《やす》いと思ったからです」

清六は、怯《おび》えた声を震わせた。

「それだけか……」

半兵衛は、清六を厳しく見据えた。

「はい……」

清六は、怯えたように頷いた。

「ならば、どうして火を付けたのだ」

「そ、それは……」

清六は、言葉に詰まった。

「もし、誰かに頼まれたり、命じられたりしての事なら、事情によってはお上にも情けはある。どうなんだ……」

半兵衛は、天眼通を信用させる為、おたまや義兵衛が清六に付け火をさせた可能性を考えた。

「誰かに頼まれたり、命じられたりしてやった事じゃありません」

「本当だな」

「はい。旦那、あっしは燃える火を見ると嬉《うれ》しくなり、気持ちが明るく弾むんです」

清六は、涙声で告げた。

「嬉しくなり、気持ちが明るく弾む……」

半兵衛は眉をひそめた。

その昔、養生所《ようじょうしょ》の肝煎《きもいり》で本道医《ほんどうい》の小川良哲《おがわりょうてつ》から、燃える火を見て気を昂《たか》ぶらせる心の病がある聞いた事があった。

清六はその手の病なのだ……。

半兵衛は気が付いた。

「そうか。ま、小火《ぼや》で済んだが、付け火をしたのは間違いない。大番屋に入って貰うよ」

半兵衛は、清六に告げた。

「はい……」

清六は項垂《うなだ》れた。

「旦那……」

「うん。酒問屋菱屋に行くよ……」

半兵衛は告げた。

「おたまも隠居の義兵衛さんも動きませんでした……」

音次郎は、寝静まっている酒問屋『菱屋』を見ながら告げた。

「やはりな……」

半兵衛は頷いた。

「旦那……」

「うん。どうやら、おたまの天眼通は本当のようだ」

半兵衛は断定した。

「えっ。じゃあ、やっぱり二本榎町の寺が火事になったんですか……」

音次郎は驚いた。

「ああ。付け火をした清六って野郎をお縄にして、小火で消し止めたぜ」

半次は告げた。

「へえ。そうなんですか……」

「うん。旦那、で、此《これ》からどうします」

半次は、半兵衛の出方を窺《うかが》った。

「そうだねえ。おたまの天眼通が騙《かた》りや狂言《きようげん》でなく本当なら、私たちがしゃしゃり出る事もあるまい」

半兵衛は苦笑した。

「はい……」

半次は頷いた。

「でも、天眼通なんて……」

音次郎は眉をひそめた。

「音次郎、人にはいろいろな力を持っている者がいるんだよ」

半兵衛は笑った。

おたまは、遠くにあるものを見たり、透視したり、衆生《しゅじょう》の行く末を見る事の出来る天眼通だった。

天眼通は法度《はっと》に触れるものではない……。

半兵衛は、半次や音次郎といつもの江戸市中見廻りに戻った。

数日後の朝。

半兵衛は、半次や音次郎を伴って北町奉行所に出仕《しゅっし》した。

「あっ、白縫さま……」

門番は、表門を潜った半兵衛を呼び止めた。

「やあ。なんだい……」

「腰掛でお客さまがお待ちですよ」

門番は告げた。

「お客……」

朝早く誰だ……。

半兵衛は、怪訝《けげん》な面持ちで表門脇の腰掛に向かった。

表門脇の腰掛の端には、高輪北町の酒問屋『菱屋』の奉公人のおたまが緊張した面持ちでいた。

「おう。おたまではないか……」

半兵衛は、訪れた客が天眼通のおたまだと知った。

半次と音次郎は、戸惑いを浮かべて顔を見合わせた。

「あっ。白縫さま、親分、音次郎さん……」

おたまは、腰掛の端から立ち上がり、安堵を浮かべて頭を下げた。

大木戸がある高輪から呉服橋の北町奉行所迄《まで》は、二里程の道程だ。

十四歳の少女には、かなりの距離だ。

おそらく、夜明けと同時に出掛けて来たのだ。

半兵衛は読んだ。

「こんな朝早く、どうかしたのかい……」

「私、見たんです」

おたまは、微かな怯えを滲ませた。

天眼通で何かを見た。

それも、恐ろしい何かを……。

半兵衛は睨んだ。

「よし。おたま、ゆっくり聞かせて貰うよ」

半兵衛は笑い掛けた。


外濠一石橋《いちこくばし》の袂《たもと》の蕎麦屋《そばや》は、暖簾を出す前にも拘《かか》わらず、馴染《なじみ》の半兵衛たちを二階の座敷に通してくれた。

「さあて、おたま。何を見たのかな……」

半兵衛は、おたまに尋ねた。

半次と音次郎は見守った。

「はい。私、夜中に眼を覚ました時、見たんです。御隠居さまがお侍に斬られる処《ところ》を……」

おたまは、恐ろしそうに声を震わせた。

「なに……」

半兵衛は眉をひそめた。

おたまは、酒問屋『菱屋』の隠居義兵衛が侍に斬られた処を天眼通で見たのだ。

御隠居さまが斬られる……。

おたまは、恐怖に衝《つ》き上《あ》げられて激しく狼狽《うろた》えた。

御隠居さまを護らなければ……。

おたまは焦《あせ》った。

だが、天眼通で見た事を信じてくれる人は少ない。

北町奉行所の白縫半兵衛さま……。

おたまは、天眼通を信じてくれた半兵衛に報《しら》せるしかないと思った。

「それで、夜が明けると、直《す》ぐに出掛けて来たのかい……」

半次は訊いた。

「はい。親分さん……」

おたまは頷いた。

「そうか。隠居の義兵衛が侍に斬られる処を見たのか……」

酒問屋『菱屋』の隠居義兵衛は、侍を含む者たちから命を狙われているのだ。

半兵衛は知った。

「どうします。旦那……」

半次は、半兵衛の出方を窺った。

「高輪に行くよ……」

「はい……」

半次と音次郎は頷いた。

「ありがとうございます」

おたまは、手を突いて頭を下げた。

「それより、おたま。夜明けに出て来たなら朝飯はどうした」

「あっ。未だ……」

おたまは、自分が朝御飯を食べていないのに気が付いた。

「よし。音次郎、亭主に蕎麦を頼んでやってくれ」

「はい……」

「で、一足先に高輪に行き、御隠居や旦那におたまの事を報せてくれ。私と半次はおたまを連れて後から行く」

半兵衛は命じた。

「合点です。じゃあ……」

音次郎は、威勢良く階段を駆け下りて行った。

「さあて、おたま。腹拵《はらごしら》えをしてから高輪に帰るよ」

半兵衛は、おたまに笑い掛けた。

東海道を上り、芝一丁目に進むと潮の香りがし、尚も進むと馬糞の臭いがした。

高輪の大木戸だ。

半兵衛と半次は、おたまを町駕籠《まちかご》に乗せて高輪北町の酒問屋『菱屋』にやって来た。

隠居の義兵衛、旦那の直太郎《なおたろう》。そして番頭や女中頭たち奉公人は、おたまを迎えた。

「心配掛けて済みませんでした……」

おたまは、頭を深々と下げて謝《あやま》った。

「なあに、事情は音次郎さんに聞きましたよ。私を助けたくて、夜明けに北町奉行所の白縫さまの処に走ったそうだね」

義兵衛は笑った。

「はい……」

おたまは頷いた。

「心配を掛けて済まなかったね。私は大丈夫だ。さあ、直吉が待っている。行ってやっておくれ」

義兵衛は、おたまに笑い掛けた。

「はい。じゃあ、白縫さま、親分さん……」

おたまは、半兵衛と半次に頭を下げて義兵衛の隠居所から出て行った。

義兵衛は、笑顔で見送り、半兵衛と半次に向き直った。

「お騒がせを致しまして申し訳ございませんでした」

義兵衛は、白髪頭を下げて詫びた。

「いや。詫びる事はない。して、御隠居。おたまは御隠居が侍に斬られる処を見たと云うのだが、何か心当たりはないかな……」

半兵衛は、義兵衛を見据えた。

「いいえ。心当たりなど、何もございません」

義兵衛は、半兵衛を見返した。

「だが、おたまの天眼通では……」

「白縫さま……」

義兵衛は、半兵衛を遮《さえぎ》った。

「うん……」

半兵衛は眉をひそめた。

「天眼通にも間違いはある。きっと、おたまの見間違いなのでございますよ」

義兵衛は苦笑した。

「そうか。それなら良いが……」

半兵衛は笑った。


半兵衛と半次は、酒問屋『菱屋』を出た。

「旦那……」

半次は眉をひそめた。

「隠居の義兵衛は、何も話してはくれないだろう」

半兵衛は、酒問屋『菱屋』を振り返った。

酒問屋『菱屋』は、客が出入りして賑わっていた。

「きっと……」

半次は頷いた。

「ならば、こっちで調べる迄だ……」

半兵衛は、楽しそうに笑った。

「旦那、親分……」

音次郎が駆け寄って来た。


酒問屋『菱屋』の斜向かいには、老夫婦が営んでいる古い甘味処《かんみどころ》があった。

半兵衛、半次、音次郎は、小座敷に上がって汁粉《しるこ》を頼んだ。

「で、隠居の義兵衛に何かあったかな……」

半兵衛は、音次郎に尋ねた。

「そいつが、良い評判ばかりでしてね」

音次郎は眉をひそめた。

「悪い評判は一つもないか……」

半兵衛は苦笑した。

「はい……」

音次郎は頷いた。

「だが、おたまの天眼通は、隠居の義兵衛が侍に斬られるのを見たのだ。辻斬《つじぎ》りや何かの弾みで斬られない限り、何らかの遺恨《いこん》や因縁《いんねん》で斬られる事になる。となると、何かがある筈だ」

半兵衛は読んだ。

「はい……」

半次と音次郎は頷いた。

「おまちどおさま……」

老夫婦が汁粉を持って来た。

「おう。此奴《こいつ》は美味そうだ……」

音次郎は、汁粉を食べた。

「如何《いかが》ですかい……」

老爺は、音次郎の反応を待った。

「本当に美味い……」

音次郎は笑った。

「処で親父さん、ちょいと訊きますが、斜向かいの酒問屋菱屋の御隠居さんを御存知ですかい……」

半次は尋ねた。

「ええ。義兵衛さんなら、勿論、知っていますよ」

「立派な御隠居さんなんですねえ」

「そりゃあもう……」

老爺は頷いた。

「若い頃から立派な方だったんですかい、御隠居さん……」

「若い頃から……」

「ええ……」

「若い頃から立派な奴なんて、そうはいませんぜ」

老爺は苦笑した。

「じゃあ、御隠居さんも若い頃には、それなりに……」

半次は、誘うような笑みを浮かべた。

「まあね。ま、誰しも若い頃にはいろいろありますからね」

「そりゃあそうですよね。ないほうが不思議ですぜ」

「うん。義兵衛さん、あの気《き》っ風《ぷ》ですからね。若い頃は喧嘩《けんか》に博奕。それに品川《しながわ》の女郎衆にも随分、持てていましたよ」

老爺は笑った。

「喧嘩に博奕。女郎衆に持てていましたかい」

半次は念を押した。

「ええ……」

老爺は頷いた。

「その頃、御隠居さん、誰かの恨《うら》みを買ったとか、何かありませんでしたかい……」

「さあて、何分にも大昔の事ですからねえ」

老爺は首を捻った。

「覚えていませんかい……」

「ああ。すまないねえ」

老爺は詫びた。

「いいえ……」

「じゃあ、茶を淹《い》れ替えて来るよ」

老爺は、湯呑茶碗を持って板場に戻って行った。

「旦那、今一、はっきりしませんね」

半次は眉をひそめた。

「なあに、どんなに評判の良い隠居でも、若い頃にはいろいろあるか……」

「ええ。そいつは分かりましたが……」

「喧嘩に博奕、それに女。如何《いか》に大昔の事とは云え、遺恨や因縁の元は持っている。そいつが分かっただけでも充分だ」

半兵衛は、小さな笑みを浮かべた。


半兵衛は、酒問屋『菱屋』の隠居の義兵衛を半次に見張らせた。そして、酒問屋『菱屋』の菩提寺《ぼだいじ》に向かった。

菩提寺は、三田台町《みただいまち》にある長光寺《ちょうこうじ》だった。

半兵衛と音次郎は、長光寺を訪れて住職の幸念《こうねん》に逢った。

初老の住職の幸念は、禿頭《とくとう》を生々しく光らせていた。

半兵衛は、住職の幸念に酒問屋『菱屋』の義兵衛の若い頃について尋ねた。

「さあて、拙僧が当寺の住職になって来た時、義兵衛さんは先代から菱屋を継いで旦那になっていましてね。既に喧嘩や博奕、女とは縁のない商い一筋の暮らし振りでしたよ」

「そうですか……」

「御役人、義兵衛さんが何か……」

幸念は、白髪眉をひそめた。

「いえ。ちょいと気になる事がありましてね」

「そうですか。菱屋さんも天眼通の子守娘が出たり、いろいろあって大変ですね」

「ええ……」

「そう云えば御役人。去年、義兵衛さんが五年前に亡くなったお内儀さまの祥《しょう》月命日《つきめいにち》にお見えになりましてね。人の世とは上手《うま》く行かないものだと仰っていましてね」

幸念は告げた。

「人の世とは上手く行かない……」

半兵衛は眉をひそめた。

「ええ。菱屋の今の旦那の直太郎さんは、義兵衛さんの一人娘のおきょうさんの婿養子《むこようし》でしてね……」

「直太郎は婿養子……」

半兵衛は知った。

「ええ。何か上手く行っていないような事を仰っていましたが……」

「婿養子の直太郎と上手く行っていない……」

半兵衛は、漸《ようや》く酒問屋『菱屋』と隠居の義兵衛に隠された事があるのを知った。


酒問屋『菱屋』では、手代や人足たちが酒樽を大八車《だいはちぐるま》に積んで得意先への配達に忙《いそが》しかった。

隠居の義兵衛は出掛ける事はなかった。

半次は、物陰から見張っていた。

酒問屋『菱屋』の表には、旅人を始めとした多くの人が行き交っていた。

編笠《あみがさ》を被った浪人が現れ、酒問屋『菱屋』の前に立ち止まって店を眺めた。

おたまが天眼通で見た義兵衛を斬った侍なのか……。

半次は、緊張を滲ませた。

編笠を被った浪人は、酒問屋『菱屋』を窺っている……。

半次は読んだ。

編笠を被った浪人は、酒問屋『菱屋』の前から離れ、品川《しながわ》に向かった。

よし……。

半次は、編笠の浪人を尾行《つけ》る事にした。

編笠を被った浪人は、江戸に着いた旅人たちと擦れ違いながら歩みを進めた。

半次は、油断なく慎重に尾行た。

編笠を被った浪人は、東海道を進んで高輪から品川に入った。そして、品川歩《か》行新宿《ちしんしゅく》三丁目の辻を西に曲がった。

西には、桜の花見で名高い御殿山《ごてんやま》がある。

編笠を被った浪人は、御殿山に何か用があるのか……。

半次は追った。

三

御殿山は花見時とは違い、散策をする者は少なかった。

編笠の浪人は、茶店の縁台に腰掛けて茶を頼んだ。

半次は、木陰から見守った。

浪人は編笠を取り、油断のない鋭い眼で辺りを見廻した。

茶店の女が、浪人に茶を運んで来た。

浪人は茶を飲んだ。

縞《しま》の半纏《はんてん》を着た男が現れ、浪人の隣に腰掛けた。

仲間か……。

半次は見守った。

浪人と半纏を着た男は、何事か短く言葉を交わして縁台から立ち上がった。

何処かに行く……。

半次は、御殿山から下りていく浪人と半纏を着た男を追った。


酒問屋『菱屋』の主《あるじ》直太郎……。

半兵衛と音次郎は、聞き込みを始めた。

「はい。菱屋の旦那の直太郎さんは、五年前に菱屋の一人娘のおきょうさんの婿養子に入り、義兵衛さまの後を継いだのです」

高輪北町の自身番の店番は、半兵衛に告げた。

天眼通のおたまは、直太郎とおきょうの子である直吉の子守りなのだ。

「直太郎の素性は……」

半兵衛は尋ねた。

「はい。確か京橋《きようばし》の酒問屋の次男坊だと聞いておりますよ」

「そうか。して、どのような人柄なのかな……」

「御隠居の義兵衛さまのお眼鏡に叶《かな》った婿養子です。噂じゃあ、真面目な働き者だそうですよ」

「真面目な働き者か……」

半兵衛は知った。

「旦那……」

音次郎が自身番にやって来た。

「おう……」

半兵衛は、自身番を出た。

「どうだった……」

「はい。菱屋に出入りしている人足や商人にそれとなく聞いたのですが、旦那の直太郎さん、生真面目で飲む、打つ、買うの遊びなんかは一切しない人らしいですよ」

音次郎は、聞き込んで来た事を告げた。

「生真面目で遊びなんかは一切しないか……」

半兵衛は眉をひそめた。

「はい。絵に描いたような面白味のない堅物《かたぶつ》。ま、そんな評判ですか……」

「そうか……」

「婿養子が真面目な堅物なら、御隠居の義兵衛さまも文句はない筈なんですがねえ」

音次郎は首を捻った。

「音次郎、果たして真面目な堅物なら良いのかな……」

半兵衛は苦笑した。

「えっ……」

音次郎は、戸惑いを浮かべた。

「そいつが弱味になる事もあるさ……」

半兵衛は、厳しさを滲ませた。

おたまが天眼通で見た義兵衛が侍に斬られるのには、婿養子の直太郎が絡んでいる。

半兵衛の勘が囁いた。

品川宿の岡場所《おかばしょ》は旅人で賑わう。

旅立つ者は江戸の名残《なごり》を惜しみ、到着した者は江戸を味わい楽しむ。

編笠を被った浪人と縞の半纏を着た男は、万然寺《まんねんじ》門前町に入った。

半次は尾行た。

浪人と半纏を着た男は、万然寺門前町の裏通りに進んだ。

裏通りには、板塀に囲まれた小さな料理屋があった。

浪人と半纏を着た男は、板塀の廻された小さな料理屋に入った。

半次は見届けた。


高輪北町の長禅寺の境内では、おたまが幼い直吉をあやし、遊ばせて子守りをしていた。

「おたまちゃん……」

音次郎が、半兵衛と共に長い参道からやって来た。

「あっ。音次郎さん、白縫さま……」

おたまは、顔を輝かせた。

「直吉ちゃんの子守りか、精が出るね」

「仕事ですし、秦野《はだの》の家でも弟や妹の面倒を見ていたから、どうって事はありません」

「へえ、おたまちゃんは相州《そうしゅう》秦野の出か……」

音次郎は知った。

「はい……」

「秦野に両親と弟や妹を残して菱屋に奉公に来ているのかい……」

半兵衛は笑い掛けた。

「はい……」

「そうか。お父っつあんやおっ母さんは、達者なのかな」

「はい。弟や妹も……」

おたまは、嬉しそうに頷いた。

「そいつは何よりだね。処でおたま、その後、天眼通で見た事で、新しく気が付いた事はないかな」

半次は訊いた。

「新しく気が付いた事ですか……」

おたまは首を捻った。

「うん……」

「別に此と云って……」

「ないか……」

「はい……」

おたまは頷いた。

「じゃあ、おたま。御隠居、旦那の直太郎について何か云っていなかったかな」

半兵衛は、話題を変えた。

「御隠居さまが旦那さまについてですか……」

おたまは、怪訝な面持ちで訊き返した。

「うん……」

半兵衛は頷いた。

「別にありませんけど。御隠居さま、直ちゃんをあやしている時、お父っつあんのような真面目な堅物も良いけど、若い内は少しは遊ぶんだぞって云っていたのを聞いた覚えがあります……」

「真面目な堅物も良いが、若い内は少しは遊べか……」

半兵衛は眉をひそめた。

「旦那……」

「ああ。音次郎、今度の一件、どうやら旦那の直太郎を巡っての事に間違いないようだ」

半兵衛は読んだ。


古い甘味処の二階の屋根裏部屋の窓からは、酒問屋『菱屋』の表が眺められた。

半兵衛、半次、音次郎は、甘味処の老亭主に頼んで二階を借り、酒問屋『菱屋』の旦那直太郎の見張りに付いた。

「して、その編笠を被った浪人と縞の半纏を着た男は、品川万然寺門前町の裏通りの料理屋に入ったのか……」

「はい。で、料理屋を調べたんですが、花之家《はなのや》って曖昧宿紛《あいまいやどまが》いの店でしたよ」

半次は告げた。

「曖昧宿紛いの花之家か……」

半兵衛は眉をひそめた。

「ええ。主は金五郎《きんごろう》って博奕打ちあがりの野郎で女将《おかみ》はおまさ。女郎あがりの年増だそうです」

「博奕打ちあがりの金五郎と女郎あがりのおまさか……」

「はい。で、縞の半纏の野郎は、金五郎の使いっ走りをしている酉造《とりぞう》。編笠の浪人を知っている者はいませんでした」

「って事は……」

半兵衛は読んだ。

「はい。おそらく金で雇われて来た野郎かと思われます」

半次は頷いた。

「うむ。そして、おたまが天眼通で見た義兵衛を斬る侍かもしれない……」

半兵衛は睨んだ。

「親分……」

窓から酒問屋『菱屋』を窺っていた音次郎が、半次を呼んだ。

「どうした……」

半次は、音次郎の傍に寄って窓の外を見た。

「菱屋の前に縞の半纏を着た野郎と編笠を被った侍です」

音次郎は、酒問屋『菱屋』の前に佇んでいる縞の半纏を着た男と編笠を被った侍を示した。

「ああ。酉造の野郎と雇われ浪人だ」

半次は見定めた。

「やっぱり……」

音次郎は喉を鳴らした。

半兵衛が窓辺に寄り、酉造と編笠を被った浪人を見届けた。

「さあて、奴ら菱屋に何しに来たのか……」

半兵衛は、小さな笑みを浮かべた。

酉造は、酒問屋『菱屋』の表を掃除している下男に近付き、声を掛けた。そして、何事かを囁いて何かを渡した。

「下男に何か渡したようですね」

音次郎は眉をひそめた。

酉造と雇われ浪人は、東海道を品川に戻り始めた。

「奴らは品川の花之家に戻るだろう、見届けてくれ。私は下男に聞き込む……」

半兵衛は指示した。

「承知……」

半次と音次郎は、屋根裏部屋から素早く出て行った。

半兵衛は続いた。

夕暮れ時が近付き、東海道には江戸に着いた旅人が多くなった。

酒問屋『菱屋』の横手には数台の大八車が止められ、下男が掃除を続けていた。

「やあ……」

横手の出入口には、半兵衛が佇んでいた。

「此は、御役人さま……」

下男は、掃除の手を止めた。

「さっき、縞の半纏を着た男が来たね」

半兵衛は、親しげに笑い掛けた。

「は、はい……」

下男は、躊躇《ためら》い勝《が》ちに頷いた。

「何かを渡されたようだが、そいつは何かな」

「そ、それは……」

下男は、口止めされたのか困惑を浮かべた。

「店の者には黙っているから心配はいらない。約束するよ」

半兵衛は、下男を見詰めた。

「はい。誰にも内緒で旦那さまに渡してくれと、結び文を……」

「結び文……」

半兵衛は眉をひそめた。

「はい。心付けと一緒に……」

下男は、云い難そうに告げた。

「そいつは良かったね。して、結び文はどうしたのかな」

「はい。旦那さまにこっそり渡しました」

下男は、半兵衛が心付けを貰った事を咎めなかったのに安心した。

「そうか、直太郎の旦那に渡したか……」

半兵衛は頷いた。

「はい……」

「良く分かった。此の事は誰にも内緒だよ。たとえ御隠居に訊かれてもね」

「はい。そりゃあもう……」

下男は、嬉しげに何度も頷いた。

半兵衛は苦笑した。


品川宿の岡場所は、華やかな明かりを灯していた。

酉造と雇われ浪人は、万然寺門前町の曖昧宿『花之家』に戻った。

追って来た半次と音次郎は、物陰の暗がりから見届けた。

「料理屋花之家ですか……」

「ああ。表向きは料理屋だが、女を抱かせる曖昧宿だ」

半次は苦笑した。

「主は金五郎、女将のおまさですか……」

「ああ……」

「それにしても奴ら、何を企んでいるんですかね」

音次郎は、『花之家』を眺めた。

「おそらく、菱屋を食い物にしようとしているんだろうぜ」

半次は吐き棄てた。

高輪は昼間の喧噪《けんそう》も消え、静かな時を迎えていた。
半兵衛は、古い甘味処の屋根裏部屋から酒問屋『菱屋』を見張っていた。
旦那の直太郎は、結び文を受け取って動くかもしれない。
半兵衛は読んだ。
僅かな刻が過ぎた。
酒問屋『菱屋』の横手の暗がりが微かに揺れた。
半兵衛は、眼を凝《こ》らした。
酒問屋『菱屋』の横手から人影が現れた。
旦那の直太郎……。
半兵衛は見定めた。
直太郎は、厳しい面持ちで辺りの様子を窺い、足早に品川宿に向かった。
半兵衛は、屋根裏部屋を下りた。
夜の東海道には潮騒《しおさい》が響き、潮の香りが漂っていた。
直太郎は、足早に品川宿に進んだ。

西造が届けた結び文に呼び出された……。

半兵衛は読んでいた。

直太郎は進んだ。

半兵衛は追った。


料理屋『花之家』から雇われ浪人が出て来た。

「親分……」

「ああ……」

半次と音次郎は見守った。

続いて西造が現れた。

「じゃあ、小林《こばやし》の旦那……」

西造は、小林と呼んだ雇われ浪人と万然寺門前町から東海道に向かった。

「音次郎……」

「はい……」

半次と音次郎は、西造と浪人の小林を暗がり伝いに追った。

品川歩行新宿町に入った。

直太郎の足取りは、明らかに速度が落ちた。

どうした……。

半兵衛は、戸惑いを覚えた。

直太郎は、重い足取りで進んだ。

そして、品川歩行新宿三丁目の辻で立ち止まった。

半兵衛は見詰めた。

行く手から二人の男がやって来た。

直太郎は、暗がりに身を潜めた。

二人の男は、酉造と雇われ浪人だった。

半兵衛は見守った。

酉造と雇われ浪人は、品川歩行新宿三丁目の辻を西に曲がった。

西には御殿山がある。

半兵衛は読んだ。

酉造と雇われ浪人は、御殿山に向かったのだ。

直太郎はどうする……。

半兵衛は、暗がりに潜んでいる直太郎を見守った。

半次と音次郎が品川から現れ、酉造と雇われ浪人を追って御殿山に向かって行った。

直太郎は、暗がりから出て後退《あとずさ》りした。そして、身を翻《ひるがえ》して足早に高輪に戻り始めた。

恐怖に襲われた……。

直太郎は、酉造に夜の御殿山に呼び出された。そして、御殿山に来たのだが、寸前になって恐怖に激しく衝《つ》き上《あ》げられた。

それで良い……。

半兵衛は苦笑し、高輪北町に戻って行く直太郎を追った。

江戸湊は月明かりに煌《きら》めいていた。


御殿山は月明かりに照らされていた。

酉造と浪人の小林は、雨戸の閉めた茶店の軒下に佇んだ。

半次と音次郎は、木陰から見守った。

「誰かが来るのを待ってんですかね」

音次郎は囁いた。

「ああ。きっと、菱屋の誰かだ……」

半次は、御殿山の暗がりを見廻した。

月光に煌めく海が遠くに見えた。


直太郎は、高輪北町の酒問屋『菱屋』に戻った。

半兵衛は見届けた。

直太郎は、曖昧宿『花之家』の金五郎に脅され、金を強請《ゆす》られているのかもしれない。

半兵衛は読んだ。

脅され、強請られるのには、それなりの理由がある。

弱味か……。

直太郎は、金五郎に何か弱味を握られているのかもしれない。

半兵衛は読んだ。

酒問屋『菱屋』は、潮騒に包まれて寝静まっていた。

# 四

行燈の明かりは、屋根裏部屋を仄《ほの》かに照らした。

「で、酉造と雇われ浪人の小林、一刻程、暗い御殿山の茶店の軒下で誰かを待ちましてね。結局、誰も来なく、腹を立てて花之家に帰って行きましたよ」

半次は、音次郎を曖昧宿『花之家』の見張りに残して甘味処の屋根裏部屋に戻り、半兵衛に報せた。

「旦那の直太郎が品川に向かったよ」

「旦那の直太郎さんが……」

「うん。で、品川歩行新宿三丁目の辻の暗がりで、酉造と雇われ浪人、半次たちが御殿山に行くのを見て、急に怖《お》じ気《け》付いたのか菱屋に帰って来たよ」

半兵衛は苦笑した。

「そうだったんですか。それにしても、旦那の直太郎さんがどうして……」

「おそらく、花之家の金五郎に弱味を握られ、強請られているんだろう」

半兵衛は睨んだ。

「弱味ですか……」

半次は、戸惑いを浮かべた。

「うん。生真面目な堅物は、弱味になる事も多いのかもな……」

半兵衛は読んだ。

「ええ。で、どうします」

半次は、半兵衛の出方を窺った。

「金五郎は、直太郎から金を脅し取るのを諦《あきら》めはしないだろう」

「きっと……」

「で、隠居の義兵衛が見兼ねて乗り出し……」

「雇われ浪人の小林が……」

半次は眉をひそめた。

「おたまが天通眼で見たように、義兵衛を斬るか……」

「旦那……」

「そうはさせない。半次、花之家の主の金五郎、酉造、雇われ浪人の小林から眼を離すんじゃあない……」

半兵衛は、冷ややかな笑みを浮かべた。

高輪北町は潮騒が響き、東海道は旅人たちで賑わった。

半兵衛は、酒問屋『菱屋』の主直太郎を訪れた。

直太郎は、半兵衛を座敷に通した。

「あの、白縫さま。手前に何か……」

直太郎は、半兵衛が岳父《がくふ》の義兵衛ではなく自分を訪れたのに微かな怯えを過《よ》ぎらせた。

「やあ。他でもない、品川の料理屋花之家の金五郎に何を脅されているのかな」

半兵衛は笑い掛けた。

「えっ……」

直太郎は凍《い》て付《つ》いた。

「で、昨夜は御殿山に金を持って来いと、結び文に書いてあったんだね」

「し、白縫さま……」

直太郎は、半兵衛が何もかも知っているのに驚き、声を引《ひ》き攣《つ》らせた。

「ま、決して悪いようにはしない。何もかも正直に話してみるんだね」

「は、はい……」

直太郎は、覚悟を決めて頷いた。

「ま、御隠居の義兵衛さんによれば、生真面目な堅物。金五郎に掛かれば、弱味なんぞは幾らでも作られる。して、どんな弱味を握られたのかな……」

「はい。半年前、金五郎と知り合い、勧められるままに酒を飲んで酔い潰れ、気が付いたら花之家の女将のおまさと寝ていまして……」

直太郎は、恥じ入るように項垂れた。

「それで、金五郎に脅されたか……」

「はい。よくも俺の女房に手を出しやがったなと、凄い剣幕で……」

直太郎は、恐怖に震えた。

「そいつは、すべて金五郎の仕組んだ事だよ」

半兵衛は苦笑した。

「金五郎の仕組んだ事……」

直太郎は呆然とした。

「ああ。して、金五郎は幾ら出せと強請って来たのかな……」

「二十五両です……」

「二十五両……」

半兵衛は眉をひそめた。

「はい……」

「酒問屋菱屋の旦那相手の強請にしては、二十五両とは安いな……」

「えっ。じゃあ、後二十五両ぐらい……」

「いや。お前さんを金蔓《かねづる》にして、酒問屋菱屋の身代《しんだい》を食い荒らそうとしているんだよ」

半兵衛は苦笑した。

「そ、そんな……」

直太郎は呆然とした。

「だが、確かな証拠は未だない……」

「白縫さま、私はどうしたら良いんでしょう」

直太郎は、半兵衛に縋《すが》った。

「私に任せて貰うよ……」

半兵衛は、楽しそうに笑った。

半兵衛は、酒問屋『菱屋』を出た。

「白縫さま……」

直吉を負ぶったおたまがいた。

「やあ、おたまか……」

半兵衛は笑い掛けた。

「私、思い出しました」

「思い出したって、何を……」

「旦那さまが侍に斬られた場所、菱屋じゃあないんです」

「菱屋じゃあない……」

半兵衛は、戸惑いを浮かべた。

「はい。菱屋じゃあない、他の処で斬られたんです」

おたまは、負ぶった直吉をあやしながら告げた。

「そいつは何処だ……」

「そこ迄は分かりませんが、襖《ふすま》の絵が菱屋の座敷の襖の絵とは違うんです」

「どんな絵だ……」

「絵というより、紫色の縦縞模様だったと思います」

「紫色の縦縞模様……」

料理屋か遊廓の座敷の襖のようだ……。

曖昧宿の花之家か……。

「おたま、御隠居はいるかな……」

「いえ。今し方、お出掛けになりましたよ」

おたまは告げた。

「出掛けた……」

「はい……」

「御隠居、どっちに行った……」

「東海道を品川の方に……」

「品川……」

半兵衛は眉をひそめた。

品川万然寺門前町の曖昧宿『花之家』は、暖簾を仕舞ったままだった。

半次と音次郎は、物陰から見張っていた。

主の金五郎、酉造、雇われ浪人の小林平九郎《へいくろう》、そして女将のおまさが出掛ける事はなかった。

「親分……」

音次郎は、東海道に続く道を示した。

酒問屋『菱屋』の隠居の義兵衛がやって来た。

「菱屋の御隠居さま……」

半次は、戸惑いを浮かべた。

「御隠居さま、花之家に来たんですかね」

音次郎は首を捻った。

「ああ。何しに来たのか……」

半次は眉をひそめた。

義兵衛は、板塀の木戸の前に佇み、曖昧宿の『花之家』を眺めた。そして、薄笑いを浮かべて木戸を入り、『花之家』の格子戸《こうしど》を叩いた。


酒問屋『菱屋』の隠居義兵衛は、『花之家』の座敷に通された。

座敷の襖は、紫色の縦縞模様だった。

義兵衛は、落ち着いた面持ちで座り、金五郎が来るのを待った。

「お待たせ致しました……」

金五郎が、座敷に入って来た。

浪人の小林平九郎は、続いて入って来て戸口に控えた。

義兵衛は、浪人の小林を一瞥《いちべつ》して金五郎に向き直った。

「花之家の金五郎さんですね……」

「左様にございます」

金五郎は、義兵衛に探る眼を向けた。

「高輪北町の酒問屋菱屋の義兵衛です」

義兵衛は、金五郎を見据えた。

「此は御隠居さまにございますか……」

金五郎は、狡猾《こうかつ》な笑みを浮かべた。

「今日、訪れたのは他でもありません。菱屋の主の直太郎を脅し、強請《ゆすり》を掛けても無駄だと伝えに来ましたよ」

義兵衛は、蔑むような冷ややかな笑みを浮かべて云い放った。

「えっ……」

金五郎は、その眼に険しさを浮かべた。

「どんな脅しを掛けているのか知りませんが、どうせ汚い手を使って騙し、金蔓にしようと企んでいるのでしょう。ですが、此の隠居の眼の黒い内はそんな真似はさせませんよ」

義兵衛は、腹の据わった眼で金五郎を見詰めた。

「ご、御隠居……」

金五郎は、義兵衛の気迫に押された。

「直太郎から手を引かなければ、此の隠居が残りの命を懸けて相手になり、あの世の道連れにしますよ」

義兵衛は、不敵な笑みを浮かべて金五郎を見据えた。

金五郎は、隠居の義兵衛に秘められた覚悟と凄味《すごみ》に圧倒され、思わず怯んだ。

戸口に控えていた小林は、刀を握り締めた。

義兵衛は振り返り、小林を睨み付けた。

小林は狼狽えた。

義兵衛は嘲笑《あざわら》った。

「お、おのれ……」

小林は、刀を抜いて義兵衛に向かって構えた。

おたまが天眼通で見た光景……。

義兵衛の脳裏に閃《ひらめ》いた。

刹那、義兵衛の前に酉造が襖を破って突き飛ばされて来た。

小林は、咄嗟《とっさ》に刀を斬り下げた。

小林の刀は、突き飛ばされて来た酉造の肩を斬った。

血が飛んだ。

酉造は、悲鳴を上げて倒れた。

小林と金五郎は驚き、怯んだ。

酉造は、畳の上で苦しく踠《もが》いた。

義兵衛は戸惑った。

「やあ……」

半兵衛が現れた。

「白縫さま……」

義兵衛は、現れた半兵衛に眼を瞠《みは》った。

半次と音次郎が続いて現れ、義兵衛を庇って十手を構えた。

「花之家金五郎、小林平九郎、脅しに強請集《たか》り、それに酒問屋菱屋の義兵衛を殺そうとした罪でお縄にするよ。神妙にするんだな」

半兵衛は、金五郎と小林に笑い掛けた。

「黙れ……」
小林は、半兵衛に猛然と斬り掛かった。
半兵衛は、身体を僅かに沈めて抜き打ちの一刀を横薙《よこな》ぎに放った。
閃光が走った。
小林は、太股を斬られて前のめりに倒れた。
田宮流抜刀術の鮮やかな一刀だった。
金五郎は、慌てて逃げようとした。
「待ちやがれ……」
音次郎が追《お》い縋《すが》り、金五郎を蹴り飛ばした。
金五郎は、紫色の縦縞模様の襖を突き破って倒れ込んだ。
女将のおまさは、頭を抱えて悲鳴を上げた。
音次郎は、金五郎に飛び掛かって十手で殴り飛ばした。
金五郎は悲鳴を上げた。
「金五郎、大人しくしなきゃあ容赦しねえぞ」
音次郎は、金五郎に馬乗りになって捕り縄を打った。
半次は斬られた小林と酉造、音次郎は金五郎と女将のおまさを引き立てた。

「やあ、御隠居、怪我はないかな」

半兵衛は、義兵衛に笑い掛けた。

「白縫さま。お蔭さまで……」

義兵衛は、半兵衛に頭を下げた。

「紫色の縦縞模様の襖の座敷か……」

半兵衛は、座敷の紫色の縦縞模様の襖を見廻した。

「えっ……」

義兵衛は、戸惑いを浮かべた。

「いえ。おたまが天眼通で見た御隠居が斬られる場所の襖ですよ」

半兵衛は笑った。

「そうなんですか……」

義兵衛は、座敷の紫色の縦縞模様の襖を見廻した。

「それにしても御隠居。一人で金五郎に逢いに来るとは危ない真似だね」

半兵衛は苦笑した。

「何分にも婿養子の直太郎は生真面目な堅物。娘や店の者に知れれば、いたたまれなくなり、何をしでかすか分かりません。それで……」

義兵衛は苦笑した。

「何もかも腹の内に納め、一人で始末しようとしたか……」

半兵衛は読んだ。

「ええ。白縫さま、手前も今じゃあ、只《ただ》の隠居ですが、若い頃にはいろいろありましてね。可愛い娘と孫の直吉に優しく、商売にも真面目で一生懸命の直太郎を助けてやりたくなりましてねえ」

「それで、一人で始末しようとしたか……」

半兵衛は笑った。

「はい。ですから、出来るものなら今度の強請集りの一件。此の隠居が年甲斐《としがい》もない真似をして脅された事には出来ませんか……」

「御隠居……」

「此の通り、お願いします」

義兵衛は、半兵衛に深々と頭を下げた。

「良いのか、御隠居。世間の評判が悪くなっても……」

半兵衛は心配した。

「今更、評判を気にする歳でもありませんよ」

義兵衛は笑った。

「そうか……」

半兵衛は苦笑した。


北町奉行所の中庭には、木洩れ日が揺れていた。

「なに、隠居の義兵衛が花之家の女将に手を出して強請られた……」

吟味方与力の大久保忠左衛門は、白髪眉をひそめた。

「はい。そして、花之家の主金五郎に話を付けに行き、小林平九郎に斬られそうになりましてね。辛うじて間に合いました」

「うむ。話は良く分かったが、隠居が大年増の女将に手を出すとは……」

「大久保さまも身に覚えがおありでしょうが、如何に年寄りでも女に云い寄られれば、魔が差す事もあるとか……」

半兵衛は笑い掛けた。

「左様。据《す》え膳《ぜん》食わぬはなんとやらでな。そのような事もある。うん……」

忠左衛門は、胸を張って己の言葉に頷いた。

「ならば、隠居の義兵衛が花之家の女将に手を出しても……」

「うん、不思議はないな」

忠左衛門は、訳知り顔で頷いた。

「はい……」

半兵衛は笑った。

忠左衛門は、曖昧宿『花之家』金五郎、おまさ、酉造。小林平九郎を酒問屋『菱屋』の隠居を強請った罪で遠島の刑に処した。

酒問屋『菱屋』の主の直太郎強請の一件は、隠居の義兵衛強請として始末された。

「御隠居の義兵衛さま、娘さんや孫の直吉ちゃんは勿論、婿養子の直太郎さんも可愛いんですねえ」

半次は苦笑した。

「それで、御隠居さまに頼まれて知らん顔ですか……」

「ああ。世の中には私たち町奉行所の者が知らん顔をした方が良い事もあるさ……」

半兵衛は、酒問屋『菱屋』の直太郎に岳父義兵衛の行動と腹の内を教えた。

直太郎は、泣いて義兵衛に感謝した。

半兵衛は笑った。

その後、おたまは高熱を出して寝込んだ。そして、快復してからは天眼通を見る事はなくなった。

「そんな事ってあるんですかねえ……」

音次郎は首を捻った。

「じゃあ、おたまちゃん。もう只《ただ》の娘って事ですか……」

半次は笑った。

「ああ。ま、それで良かったんだよ……」

半兵衛は、おたまが天眼通のままで幸せだとは思えなく、微かな安堵を覚えずにはいられなかった。

此で良い……。

# 第四話　小悪党

## 一

月番《つきばん》の北町奉行所は表門を八文字に開き、多くの者が出入りしていた。

北町奉行所臨時廻り同心白縫半兵衛は、岡っ引の本湊の半次と下っ引の音次郎に表門脇の腰掛で待つように告げた。

「当番同心に顔を見せたら直《す》ぐに出て来る」

「はい……」

半次は頷《うなず》いた。

「旦那。大久保さまに見付かり、面倒を押し付けられなければ良いですね」

音次郎は、半兵衛が吟味方与力の大久保忠左衛門と出逢うのを心配した。

「ああ。大久保さまに見付からないように祈っていてくれ」

半兵衛は苦笑し、同心詰所に向かった。

半次と音次郎は、表門脇の腰掛で半兵衛が戻って来るのを待った。

「やあ。本湊の親分……」

老門番の茂吉《もきち》が半次に声を掛けて来た。

「茂吉さん、今朝も忙しいね」

「ああ……」

茂吉は頷いた。

「半次、音次郎……」

半兵衛が同心詰所から出て来た。

「旦那……」

大久保さまに見付からずに済んだようだ。

半次は、思わず苦笑した。

「あっ……」

音次郎が奉行所から大久保忠左衛門が出て来るのに気が付き、思わず声を上げた。

拙《まず》い……。

半兵衛と半次は、思わず顔を見合わせた。

忠左衛門は、足早に表門に向かって来た。

何か用を言い付けられる……。

「此《これ》は大久保さま……」

半兵衛は、覚悟を決めて忠左衛門に挨拶をした。

半次と音次郎は続いた。

「うむ。半兵衛、半次、音次郎、見廻り、御苦労……」

忠左衛門は、挨拶もそこそこに厳しい面持《おもも》ちで足早に表門から出て行った。

えっ……。

半兵衛は、怪訝《けげん》な面持ちで忠左衛門を見送った。

「旦那……」

音次郎は、戸惑いを浮かべた。

「何かあったんですかね。大久保さま……」

半次は眉をひそめた。

「う、うん。じゃあ、私たちも行くよ」

半兵衛は、忠左衛門に続いた。

北町奉行所を出て外濠に架かっている呉服橋御門を渡ると、南に鍛冶橋《かじばし》御門、東に日本橋通り、北に日本橋川に架かる一石橋がある。

半兵衛は、呉服橋御門を渡って辺りを見廻した。

一石橋に足早に向かう大久保忠左衛門が見えた。

忠左衛門の痩《や》せた後ろ姿は、外濠から吹き抜ける風に揺れ、不安を感じさせた。

何かがあった……。

半兵衛の勘が囁《ささや》いた。

「気になりますね……」

半次は、心配げに眺《なが》めた。

「よし。尾行《つけ》てみるよ」

半兵衛は、忠左衛門を尾行てみる事にした。

「承知……」

半次と音次郎は頷き、半兵衛と共に忠左衛門を尾行始めた。

大久保忠左衛門は、日本橋川に架かる一石橋を渡って東に曲がり、日本橋室町《むろまち》に向かった。

半兵衛、半次、音次郎は尾行た。

忠左衛門は、振り返る余裕もないのか、日本橋川沿いの道を足早に進んだ。

半兵衛は尾行た。


日本橋の北詰は賑《にぎ》わっていた。

大久保忠左衛門は、賑わう日本橋の通りを横切って日本橋川沿いを尚も進んだ。

半兵衛、半次、音次郎の尾行は続いた。

忠左衛門は、西堀留川《にしほりどめがわ》に出た。そして、架かっている荒布橋《あらめばし》を渡り、西堀留川沿いの道を北、小舟町《こぶなちょう》に進んだ。

半兵衛、半次、音次郎は尾行た。


小舟町一丁目は、西堀留川が西と南の鉤《かぎ》の手《て》に曲がる外側にある。

大久保忠左衛門は、小舟町一丁目の裏通りに進み、路地奥の小さな家の腰高障子を叩いて声を掛けた。

腰高障子が開き、忠左衛門は家の中に入った。

半兵衛、半次、音次郎は見届けた。

「さあて、誰の家なのかな……」

半兵衛は眉をひそめた。

「自身番で訊いて来ますか……」

半次は、指示を仰いだ。

「そうしてくれ……」

「はい。音次郎、旦那とな……」

「合点です……」

音次郎は頷いた。

半次は、半兵衛と音次郎を残して自身番に向かった。

半兵衛と音次郎は、路地奥の小さな家を見張った。


「ああ。あの路地奥の家ですか……」

小舟町一丁目の自身番の店番は、町内名簿を捲《めく》った。

「ええ……」

半次は頷いた。

「ああ。ありましたよ。あの家は鍛金師《たんきんし》の矢吉《やきち》さんの家ですね」

「鍛金師の矢吉さんですか……」

「ええ。女房のおたえさんと娘のおきよちゃんの三人家族ですね……」

店番は、町内名簿を見ながら告げた。

「女房のおたえさんに娘のおきよちゃんですか……」

「はい……」

「矢吉さん、鍛金師の腕の方はどうなんですかい……」

「そいつは。知っているかな、藤吉《とうきち》さん……」

店番は、老番人の藤吉に訊いた。

「はい。矢吉さん、鍛金の腕は中々《なかなか》のもので、評判は良いと聞いていますよ」

老番人の藤吉は、半次に告げた。

「そうですか、矢吉さん、腕の良い鍛金師ですか……」

半次は知った。


路地奥の家の腰高障子が開いた。

半兵衛と音次郎は、物陰に潜んで見守った。

塗笠《ぬりがさ》を被《かぶ》った着流しの武士が、幼い女の子を連れた若い母親に見送られて出て来た。

「旦那……」

音次郎は眉をひそめた。

「ああ。大久保忠左衛門さまだ……」

半兵衛は、塗笠を被った着流しの武士を忠左衛門だと見抜いた。

若い母親と幼い女の子は見送った。


忠左衛門は、路地から裏通りに進んで東に向かった。

半兵衛と音次郎は尾行た。

「あの若い母親と女の子、大久保さまのお妾《めかけ》と隠し子ですかね」

音次郎は読んだ。

「さあて、そいつはないと思うが……」

半兵衛は眉をひそめた。

「でも、人は見掛けによらないって云いますから……」

「まあな……」

大久保忠左衛門とは古い付き合いだが、未だかつて浮いた話や艶《つや》っぽい話を聞いた覚えはなかった。

半兵衛は苦笑した。

忠左衛門は、塗笠を目深《まぶか》に被って東堀留川の傍を抜け、尚も東に進んだ。

東には浜町堀《はまちようぼり》があり、両国広小路がある。

半兵衛と音次郎は、足早に行く忠左衛門を尾行た。

「大久保さま、何処《どこ》に行って何をする気なんですかね」

音次郎は、忠左衛門の後ろ姿を見ながら首を捻《ひね》った。

「うん……」

半兵衛は、微かな不安を覚えた。


両国広小路には見世物小屋や露店《ろてん》が連なり、大勢の人々で賑わっていた。

大久保忠左衛門は、大川に架かっている両国橋に向かって雑踏を進んだ。

両国橋の西詰には、行商人や托鉢坊主が連なっていた。

忠左衛門は、連なる行商人や托鉢坊主たちを眺めた。

何をする気だ……。

半兵衛と音次郎は見守った。

忠左衛門は、目深に被った塗笠を時々上げて両国橋の袂《たもと》に来る者たちを窺《うかが》った。

誰かが来るのを待っている……。

半兵衛は読んだ。

僅《わず》かな刻が過ぎた。

本所回向院《ほんじよえこういん》の巳《み》の刻四つ（午前十時）を報《しら》せる鐘の音が、風に乗って大川《おおかわ》を越えて聞こえて来た。

縞《しま》の半纏《はんてん》を着た男が現れ、両国橋の袂に連なる行商人を見廻した。

忠左衛門が縞の半纏を着た男に近付いた。

「旦那……」

音次郎は喉《のど》を鳴らした。

「うん……」

半兵衛と音次郎は、忠左衛門と縞の半纏を着た男を見守った。

忠左衛門と縞の半纏を着た男は、短く言葉を交わして両国橋に向かった。

「追うよ……」

「合点です」

半兵衛と音次郎は、物陰を出て忠左衛門と縞の半纏を着た男を追った。

両国橋の袂に行商人と並んでいた托鉢坊主が、忠左衛門と縞の半纏を着た男に続いて両国橋に進んだ。

「旦那……」

音次郎は、戸惑いを浮かべた。

「ああ。おそらく柳橋の雲海坊だ……」

半兵衛は、托鉢坊主を岡っ引柳橋の弥平次配下の雲海坊だと睨《にら》んだ。

雲海坊は、事件の探索に拘《かか》わっていない時は、両国橋や神田明神などで托鉢をしていた。

「でしたら、助かりますね……」

「うん……」

半兵衛は頷いた。

忠左衛門を尾行るには、半兵衛や音次郎よりも雲海坊の方が好都合なのだ。

大川には様々な船が行き交っていた。

忠左衛門と縞の半纏を着た男は、両国橋を渡って本所に入った。

托鉢坊主は尾行た。

忠左衛門は、縞の半纏を着た男に誘《いざな》われて本所竪川一つ目之橋《たてかわひとつめのはし》に進んだ。

縞の半纏を着た男は、一つ目之橋を渡って公儀御舟蔵《おふなぐら》の前にある茶店に忠左衛門を誘った。

茶店は、商売をしていないのか雨戸を閉めていた。

縞の半纏を着た男は雨戸の潜《くぐ》り戸《ど》を開けて、忠左衛門に入るよう促《うなが》した。

忠左衛門は、潜り戸から茶店に入った。

縞の半纏を着た男は、鋭い眼差しで辺りを見廻して茶店に入り、潜り戸を閉めた。

托鉢坊主は、饅頭笠《まんじゆうがさ》を上げて見届けた。

雲海坊だった。

痩せた体軀《たいく》に鶏のように筋張った首……。

どう見ても北町の大久保忠左衛門さまだ。

雲海坊は、忠左衛門を二、三度見掛けた事があった。

「雲海坊……」

半兵衛と音次郎が駆け寄って来た。

「こりゃあ、半兵衛の旦那。音次郎……」

雲海坊は、小さな笑みを浮かべた。

「此の茶店かい……」

半兵衛は、雨戸を閉めた茶店を見上げた。

「やっぱり、大久保さまですか……」

「うん……」

「で、大久保さま、故買屋《こばいや》の善吉《ぜんきち》とどんな拘わりがあるんですかい……」

雲海坊は尋ねた。

「故買屋の善吉……」

半兵衛は眉をひそめた。

「ええ……」

「雲海坊さん、あの縞の半纏の野郎、故買屋なんですか……」

音次郎は、身を乗り出した。

「ああ。尤《もつと》もこそ泥の盗んだ品物ばかり扱う故買屋だがな」

「そうなんですか……」

「実はな、雲海坊。私たちも大久保さまの動きが妙だと思ってね。尾行て来たんだよ」

半兵衛は、忠左衛門を尾行て来た経緯《いきさつ》を雲海坊に告げた。

「へえ。謹厳実直、古武士の風格と評判の大久保さまが子持ちの女の処《ところ》にねえ……」

雲海坊は、小さな笑みを浮かべた。

「雲海坊、未だそうと決まった訳じゃあない。それより、故買屋の善吉が大久保さまを此処《ここ》に誘った理由だ。音次郎、此の茶店がどんな茶店か訊いて来てくれ」

半兵衛は、音次郎に命じた。

「合点です」

音次郎は、木戸番屋に走った。

「さあて、中で何をしているのか……」

半兵衛と雲海坊は、雨戸を閉めた茶店を眺めた。

「御舟蔵の前の茶店ですかい……」

御舟蔵前町の木戸番は訊き返した。

「ええ。雨戸を閉めているけど、今日は休みなのかい……」

「いいえ。あの茶店は主《あるじ》のおしん婆さんが去年病で死にましてね。以来、住む者もいなく、店は閉めたままですよ……」

木戸番は眉をひそめた。

「ですが、縞の半纏を着た善吉って野郎が出入りしていますぜ」

「ああ、善吉ですか。善吉は死んだおしん婆さんの倅《せがれ》ですよ」

「倅。じゃあ、あの茶店の今の持ち主って事ですか……」

「ええ。尤も善吉本人は茶店を継ぐ気はなく、派手な半纏を着て遊び人を気取っているようですがね」

「そうですか……」

木戸番は、善吉が故買屋だとは知らないようだった。

音次郎は頷いた。

僅《わず》かな刻が過ぎた。

半兵衛と雲海坊は、茶店を見張り続けた。

「旦那……」

音次郎が駆け戻って来た。

「おう。どうだった……」

「はい。此の茶店は、善吉の死んだおっ母さんが営《いとな》んでいたそうですよ」

「じゃあ、今じゃあ善吉の茶店かい……」

雲海坊は眉をひそめた。

「はい……」

「雲海坊、音次郎……」

半兵衛が、茶店の潜り戸が開いたのを示した。

雲海坊と音次郎は見守った。

忠左衛門と善吉が潜り戸から出て来た。

「じゃあ、旦那……」

善吉は、忠左衛門に笑い掛けた。

「うむ。一刻も早く居所を突き止め、おたえに報せてくれ。良いな……」

忠左衛門は、厳しい面持ちで命じた。

「へい。承知しました」

善吉は頷いた。

「では な……」

忠左衛門は、竪川に架かっている一つ目之橋に戻り始めた。

善吉は、茶店の前で忠左衛門を見守った。

「どうします……」

音次郎は、半兵衛の指示を仰いだ。

「雲海坊、大久保さまの行き先を見届けてくれ。私は音次郎と善吉が何をしているか突き止める」

「承知。じゃあ、御免なすって……」

雲海坊は、忠左衛門を追って行った。

善吉は、雨戸の潜り戸から茶店に入った。

「善吉の野郎、何を企んでいるか……」

音次郎は、茶店を眺めた。

善吉が茶店の裏手に続く路地から現れ、竪川の一つ目之橋に向かった。

「よし。追うよ……」

半兵衛は、音次郎と共に善吉の尾行を開始した。

善吉は、擦《す》れ違《ちが》う若い女を冷やかし、軽い足取りで進んだ。

「善吉の野郎、何を浮かれているのか……」

音次郎は眉をひそめた。

「うん……」

半兵衛は苦笑した。

二

大久保忠左衛門は、両国橋を渡って両国広小路を抜け、浜町堀から東堀留川に進んだ。

雲海坊は慎重に尾行た。

忠左衛門は、東堀留川の傍を抜けて小舟町一丁目に入り、裏通りから路地奥の小さな家に入った。

雲海坊は見届けた。

「雲海坊……」

半次が現れた。

「こりゃあ、半次の親分……」

「大久保さまを尾行て来たのか……」

半次は眉をひそめた。

「ええ。半兵衛の旦那に云われましてね……」

雲海坊は、忠左衛門を尾行て来た経緯を半次に伝えた。

「じゃあ、大久保さま、故買屋の善吉って野郎と逢い、御舟蔵前の茶店から来たのか……」

「ええ。で、尾行て来ました」

「そいつは御苦労だったな」

半次は、雲海坊を労《ねぎら》った。

「いいえ。で、大久保さまが入った家は……」

雲海坊は、路地奥の家を眺めた。

「うん。矢吉って鍛金師の家でな。女房のおたえさんと幼い娘のおきよちゃんがいる」

「鍛金師の矢吉、大久保さまとどんな拘わりなんですかね」

「そいつは未だだが、見張っている限り、女房のおたえと子供のおきよは出入りしていいるんだが、矢吉の姿は見掛けないんだな」

半次は首を捻った。

「そうなんですか……」

雲海坊は眉をひそめた。

路地奥の小さな家の腰高障子が開いた。

半次と雲海坊は、物陰に潜んだ。

羽織袴の忠左衛門が、おたえとおきよに見送られて小さな家から出て来た。

「ではな、おたえ。明日、又来《また》る……」

「はい。御造作をお掛けします」

おたえは、忠左衛門に深々と頭を下げた。

「気にするな。じゃあな、おきよ……」

忠左衛門は、おきよの頭を撫でて西堀留川に向かった。

「じゃあ、半次の親分。あっしは大久保さまを追います」

「うん。俺は此のままおたえを見張る」

半次は頷いた。

雲海坊は、忠左衛門を追った。

半次は、路地奥の矢吉の家を窺った。

矢吉の家は静かだった。

矢吉はいないのかもしれない……。

半次の勘が囁いた。


大川の流れは煌《きら》めいていた。

故買屋の善吉は、本所竪川一つ目之橋を渡り、そのまま回向院前を通って大川沿いの道に出た。

半兵衛と音次郎は尾行た。

行き先は、北本所か向島《むこうじま》、それとも吾妻橋を渡って浅草か……。

半兵衛は、善吉の行き先を読んだ。

善吉は、隅田川に架かっている吾妻橋を渡り始めた。

浅草だ……。

半兵衛と音次郎は追った。

善吉は吾妻橋を渡り、西詰を隅田川沿いの道に曲がった。

隅田川沿いには花川戸町《はなかわどまち》、山之宿町《やまのしゆくまち》、今戸町《いまどちよう》などが連なっている。

善吉は、隅田川沿いの道を進んで山之宿町に入った。

半兵衛と音次郎は尾行た。

善吉は、山之宿町の裏通りに曲がった。

半兵衛と音次郎は走った。

善吉は、裏通りにある小さな店に入った。

半兵衛と音次郎は見届け、善吉の入った店に近付いた。

店は骨董屋《こつとうや》であり、『今昔堂《こんじやくどう》』と書かれた古い看板が掲げられていた。

「骨董屋の今昔堂ですか……」

音次郎は眉をひそめた。

「うん。見張っていろ。ちょいと自身番に行って来る」

「はい……」

半兵衛は、音次郎を骨董屋『今昔堂』の見張りに残し、山之宿町の自身番に向かった。

「裏通りの今昔堂ですか。どうぞ……」

山之宿町の店番は、框《かまち》に腰掛けた半兵衛に茶を差し出した。

「戴《いただ》くよ。して、どんな骨董屋かな……」

半兵衛は、茶を啜《すす》りながら尋ねた。

「店は古くて小さいですが、旦那の五郎八《ごろはち》さんは遣《や》り手《て》だそうでしてね。掘出物《ほりだしもの》を手に入れたらこれぞと思うお得意様に持ち込み、高値で売り捌《さば》くとか……」

店番は告げた。

「店に飾って客が来るのを待つより、欲しがりそうな客の処に持ち込むか……」

「はい。それだとか、他にお得意様の注文の骨董品を探し出すとか……」

「お得意様の注文の骨董品か。成る程、そいつは商売上手だねえ」

半兵衛は、感心した面持ちで茶を啜った。

骨董屋『今昔堂』の主の五郎八は、遣り手で強《したた》かな商売上手なのだ。

故買屋の善吉は、そんな五郎八の使いっ走りをしているのかもしれない。

そして、大久保忠左衛門に逢ったとしたなら、その狙いは何なのか。

半兵衛は、想いを巡らせた。

北町奉行所は昼飯時も過ぎ、出入りする人々も少なくなった。

大久保忠左衛門は、外濠に架かっている呉服橋御門を渡り、門番に迎えられて北町奉行所に戻った。

雲海坊は見届けた。

風が吹き抜け、外濠の水面に小波《さざなみ》が走った。


大久保忠左衛門は、用部屋に落ち着いて滞《とどこお》った仕事を片付け始めた。

「お呼びですか、大久保さま……」

当番同心がやって来た。

「おお、半兵衛はいるか……」

「いいえ。白縫さんは市中見廻りに出掛けており、未だ戻ってはおりませぬ」

「そうか。ま、そうだな……」

忠左衛門は、己の言葉に頷いた。

「はい……」

当番同心は、怪訝な面持ちで頷いた。

「ならば、良い……」

「はい。では……」

当番同心は立ち去った。
忠左衛門は、筋張った細い首を伸ばして大きな溜息《ためいき》を吐《つ》いた。

浅草山之宿町の骨董屋『今昔堂』は、客もいなく閑散としていた。
故買屋の善吉は、『今昔堂』に入ったまま出て来てはいなかった。
半兵衛と音次郎は見張った。
僅かな刻が過ぎた。
善吉が、『今昔堂』から出て来た。
半兵衛と音次郎は、善吉を見守った。
善吉は、『今昔堂』を振り返って嘲《あざけ》りを浮かべ、浅草広小路に向かった。
「よし。音次郎、善吉が何処で何をするか見届けてくれ。私は小舟町に行ってみる」
半兵衛は指図した。
「合点です」
音次郎は、善吉を追った。
半兵衛は、骨董屋『今昔堂』を一瞥《いちべつ》して日本橋小舟町に向かった。

「そうか。大久保さま、北町奉行所に戻ったかい……」

半次は頷いた。

「はい。で、鍛金師の矢吉は家にいるんですかね……」

雲海坊は、路地奥の小さな家を眺めた。

「そいつが、相変わらず良く分からない。雲海坊、ちょいと托鉢を掛けてくれないか……」

「承知……」

雲海坊は、笑みを浮かべて頷き、喉の調子を確かめながら路地奥の矢吉の家に向かった。

半次は見守った。


雲海坊は、矢吉の家の前に立って経を読み始めた。

僅かな刻が過ぎた。

雲海坊は経を読み、半次は見守った。

矢吉の家の腰高障子が開き、おたえが紙に包んだ御布施《おふせ》を雲海坊の頭陀袋《ずだぶくろ》に入れた。

雲海坊は深々と頭を下げ、一段と力を込めて経を読んだ。

おたえは、雲海坊に会釈をして腰高障子を閉めた。

雲海坊は、経を読みながら矢吉の家の前から離れ、路地から出て来た。


「どうだった……」

半次は尋ねた。

「はい。ちらっと見た家の中には三歳ぐらいの女の子がいるだけでしたぜ」

雲海坊は告げた。

「おきよちゃんだ。矢吉がいる気配は……」

「戸口の傍の作業場には鍛金の道具があるだけで、居間にもいませんでしたよ」

「やっぱり、いないのかな……」

半次は眉をひそめた。

「きっと……」

雲海坊は頷いた。

「半次、雲海坊……」

半兵衛がやって来た。

「こりゃあ、半兵衛の旦那……」

半次と雲海坊は迎えた。

「どうだ。何か変わった事はあったかい……」

「いえ。大久保さまが戻られて着替え……」

「北町奉行所に帰られました」

半次と雲海坊は報せた。

「そうか。で、誰の家なんだい……」

半兵衛は、路地奥の家を眺めた。

「はい。矢吉って鍛金師の家でしてね。女房のおたえとおきよって子供の三人家族です」

「鍛金師の矢吉か……」

「はい。今は留守のようですけど……」

「そうか。して、矢吉、鍛金の腕の方はどうなんだい……」

「評判は良いですよ」

「腕は良いか……」

半兵衛は頷いた。

「はい。で、大久保さまとは、どんな拘わりなんですかね」

半次は眉をひそめた。

「さあて、そいつが気になる処だね」

半次は首を捻った。

「旦那、善吉の野郎、あれからどうしました」

雲海坊は尋ねた。

「うん。善吉、あれから浅草山之宿町にある今昔堂って骨董屋に行ったよ」

「山之宿の骨董屋の今昔堂ですか……」

半次は眉をひそめた。

「知っているか……」

「いいえ……」

「主は五郎八と云って中々の商売上手だそうだ……」

「五郎八……」

雲海坊は眉をひそめた。

「聞いた名か……」

「はい。良く思い出せませんが、何処《どこ》かで……」

雲海坊は告げた。

「雲海坊、山之宿に行って五郎八の面を拝んでくれないか……」

「分かりました。うちの親分にも訊いてみます」

「うん。頼む……」

「承知。じゃあ……」

雲海坊は、足早に立ち去った。

「半次、音次郎は大久保さまが逢った故買屋の善吉を追っている。私は大久保さまの様子を見て来る。此処《ここ》を頼むよ」

半兵衛は告げた。


北町奉行所同心詰所は、定町廻《じょうまちまわ》り同心と臨時廻り同心が見廻りに出掛けて閑散としていた。

「やあ……」

半兵衛は、当番同心に声を掛けた。

「あっ、半兵衛さん、大久保さまがお探しでしたよ」

「そうか……」

今度の一件だ……。

半兵衛の勘が囁いた。


「大久保さま……」

半兵衛は、書類に眼を通していた大久保忠左衛門に声を掛けた。

「おお、半兵衛……」

忠左衛門は、弾かれたように振り返った。

「お探しだったとか……」

「うむ。入れ、入ってくれ」

忠左衛門は、半兵衛を招いた。

「はい……」

半兵衛は、忠左衛門と向かい合った。

「実はな、半兵衛……」

忠左衛門は、筋張った細い首を伸ばした。

「はい……」

「私の古い知り合いの孫娘の亭主、鍛金師なのだが、行方知《ゆくえし》れずになってな……」

古い知り合いの孫娘はおたえであり、亭主は鍛金師の矢吉の事だ。

「ほう。亭主が行方知れず……」

半兵衛は眉をひそめた。

「うむ。で、善吉と申す得体《えたい》の知れぬ男が女房、私の知り合いの孫娘の処に現れてな。亭主の居場所を知りたければ、十両を持って両国橋の西詰に来いと云って来た。それで、儂《わし》が持って行ったのだが、亭主が別の処に移され、その場所を突き止めるのに後十両、必要だと云いおって埒《らち》が明かぬのだ」

忠左衛門は、細い首の筋を怒りに引《ひ》き攣《つ》らせた。

「成る程、そう云う事でしたか……」

半兵衛は、事の次第を知った。

「左様……」

忠左衛門は頷いた。

「うん。何だ、半兵衛……」

忠左衛門は、半兵衛の言葉に白髪眉をひそめた。

「いえ。して大久保さま。鍛金師の亭主、何故に行方知れずになったのかは……」

「分からぬ。分からぬが、亭主の矢吉は、若いながらも腕の良い鍛金師だ。おそらくその辺に拘わりがあるのだろう」

　忠左衛門は読んだ。

「そうですか。して、古い知り合いとは……」

「儂が子供の頃、おときと云う娘が屋敷に奉公していてな。矢吉の女房のおたえは、そのおときの孫娘なのだ」

「ほう。昔の奉公人の孫娘ですか……」

「うむ。おときは既に亡くなっているが、儂は幼い時から随分と世話になっていてな。何とかおたえの力になってやりたいのだ」

　忠左衛門は、筋張った細い首を伸ばした。

「分かりました。で、今度、その善吉と逢うのは、いつ何処でですか……」

「明日巳の刻四つ、深川《ふかがわ》御舟蔵前町にある店仕舞いした茶店だ」

「分かりました。後は私が……」

　半兵衛は引き受けた。

「半兵衛、何分《なにぶん》にも宜しく頼む……」

忠左衛門は、半兵衛に深々と頭を下げた。

おときと云う奉公人には、随分と御世話になったようだ……。

忠左衛門が深々と下げた頭は、半兵衛にそう告げていた。

「では……」

半兵衛は、深々と頭を下げている忠左衛門を残して用部屋を後にした。


半兵衛は、半次に事の次第を教えた。

「へえ。大昔に御世話になった奉公人の孫娘ですか……」

「うん。あの大久保さまが私に深々と頭を下げて頼んだぐらいだ。相当いろいろ御世話になったようだね」

半兵衛は苦笑した。

「そうですか。で、どうします」

「先《ま》ずは、孫娘のおたえに逢ってみよう」

「はい……」

半兵衛と半次は、路地奥の矢吉の小さな家に向かった。

おたえは、幼い娘のおきよを膝に抱き、微かな怯《おび》えを滲《にじ》ませた。

「心配は無用だよ。おたえ、私は大久保さまの配下で白縫半兵衛。こっちは岡っ引の本湊の半次……」

半次は会釈をした。

「は、はい……」

おたえは、頭を下げた。

「して、おたえ。矢吉の行方知れずに心当たりはないのかな……」

「ございません……」

「そうか。じゃあ、誰かと揉《も》めていたなんて事は……」

「そ、それは……」

おたえは眉をひそめた。

「あるんだね」

「矢吉、知り合いの旦那さまに何かの写しを作る事で揉めていたようです」

おたえは、不安げに告げた。

「知り合いの旦那さまとは、何処の誰です」

半次は尋ねた。

「さあ。そこ迄《まで》は分かりません」

「そうですか……」

「で、矢吉は出掛けたまま帰って来なかった」

「はい……」

「そして、善吉なる者が現れた……」

「はい。矢吉の居所を知りたければ、十両持って両国橋の西詰に来いと……」

「で、大久保さまに報せたか……」

「はい。大久保さまは、死んだ祖母が昔、奉公していたお屋敷でして、困った事があったら忠左衛門さまを頼れと云われていたもので。そうしたら、大久保さまが両国橋には御自分が行くと仰《おっしゃ》って……」

おたえの言葉は、忠左衛門の話と食い違いはなかった。

「そうか。良く分かった」

「白縫さま……」

おたえは、半兵衛に縋《すが》る眼差しを向けた。

「案ずるな。決して悪いようにはしないよ」

半兵衛は微笑んだ。

湯島天神男坂下の飲み屋は、昼間から安酒を楽しむ人足や博奕打ちで賑わっていた。

善吉は、人足や博奕打ちたちと賑やかに酒を飲んでいた。

音次郎は、飲み屋の隅で酒を嘗《な》めながら善吉を見守った。

「よし。父っつあん、みんなに酒を振る舞ってくれ」

善吉は、機嫌良く飲み屋の老亭主に告げた。

「おう、善吉。今日は羽振《はぶ》りが良いな……」

髭面《ひげづら》の人足は笑った。

「ああ。良い金蔓《かねづる》を見付けてな。搾《しぼ》れるだけ搾り取ってやるぜ」

善吉は、狡猾《こうかつ》な笑みを浮かべた。

金蔓とは大久保さまの事か……。

音次郎は眉をひそめた。

命取りになるとも知らねえで……。

音次郎は、腹の内で笑いながら安酒を飲んだ。

薄汚れた腰高障子に夕陽が映えた。

三

隅田川を行き交う船の明かりは揺れた。

浅草山之宿町に連なる店は大戸を閉め、料理屋や居酒屋の明かりが灯された。

雲海坊と勇次は、骨董屋『今昔堂』を見張っていた。

「骨董を扱う五郎八だと……」

昼間、雲海坊の話を訊いた親分の柳橋の弥平次は眉をひそめた。

「はい。あっしも何処かで聞いた覚えのある名前なんですが、御存知ですかい
……」

雲海坊は、身を乗り出した。

「ああ、昔、盗賊に盗まれた運慶《うんけい》の彫った虎の置物を売り、大番屋に引き立てて詮議《せんぎ》をしたら、自分は何も知らずに道端の古道具屋から買っただけだと云い張り、放免された骨董屋がいてな。そいつが確か五郎八って名前だったと思うが
……」

弥平次は告げた。

「ああ。そう云えば、そいつが五郎八って肥《ふと》った野郎でしたね」

雲海坊は思い出した。

「ああ。雲海坊、その五郎八がどうかしたのか……」

「はい。北町の知らん顔の旦那が……」

雲海坊は、事の経緯を詳しく告げた。

弥平次は、雲海坊に此のまま半兵衛を手伝うように命じ、勇次を付けた。

雲海坊と勇次は、骨董屋『今昔堂』主の五郎八を見張った。

骨董屋『今昔堂』は、手代らしき若い男が大戸を閉めた。

刻が過ぎた。

骨董屋『今昔堂』の潜り戸が開いた。

「雲海坊の兄貴……」

勇次は、雲海坊を呼んで潜り戸を見守った。

手代らしき若い男が現れ、鋭い眼で辺りを窺った。

雲海坊と勇次は見守った。

手代は、辺りに不審はないと見定め、店内に声を掛けた。

肥った初老の男が、骨董屋『今昔堂』から出て来た。

「兄貴……」

「ああ。五郎八だ……」

雲海坊は、肥った初老の男を五郎八だと見定めて頷いた。

五郎八は、手代に見送られて浅草広小路に向かった。

「さあて、何処に行くのか……」

雲海坊と勇次は追った。


五郎八は、人影の疎《まば》らな浅草広小路を抜けて東本願寺から三味線堀に進んだ。

「三味線堀ですか……」

勇次は、五郎八の行き先を読んだ。

三味線堀界隈《かいわい》には、大名や旗本の屋敷が甍《いらか》を連ねている。

その中に、骨董屋『今昔堂』五郎八のお得意様がいるのかもしれない。

「きっとな……」

雲海坊は頷いた。

三味線堀に月影は揺れた。

五郎八は、寺町から武家地に進んだ。そして、三味線堀の傍を西に抜け、伊勢《いせ》国津《つ》藩江戸中屋敷の隣の旗本屋敷の潜り戸を叩いた。

中間《ちゅうげん》が潜り戸を開け、五郎八を招き入れた。

雲海坊と勇次は見届けた。

「さあて、誰の屋敷か……」

「津藩の江戸中屋敷の隣ですね。ちょいと訊いて来ます」

勇次は、雲海坊を残して聞き込みに走った。

雲海坊は、旗本屋敷を見張った。


囲炉裏《いろり》の火は燃えた。

半兵衛、半次、音次郎、雲海坊は、囲炉裏を囲んでいた。

「善吉、大久保さまを金蔓にしようとしているか……」

半兵衛は苦笑した。

「はい。身の程知らずの小悪党が……」

音次郎は、腹立たしげに吐き棄てた。

「して、雲海坊。今昔堂の五郎八、三味線堀の三千石の旗本、水谷織部《みずたにおりべ》さまの屋敷に行ったのだな」

「はい。旗本の水谷織部さま、五郎八のお得意様に間違いないでしょう」

雲海坊は告げた。

「そうか……」

「旦那、矢吉が揉めていた知り合いの旦那ってのは、五郎八じゃあないでしょうか……」

半次は睨んだ。

「矢吉、五郎八に何かの写しを作れと頼まれ、そいつを断わり、何処かに閉じ込められて無理矢理に作らされているか……」

半兵衛は読んだ。

「ええ。違いますかね」

「かもしれないな。ま、何《いず》れにしろ、鍛金師の矢吉を捜し出し、無事に女房のおたえと子供のおきよの許に連れ戻す」

半兵衛は、不敵な笑みを浮かべた。

囲炉裏の火が燃え上がり、壁に映る半兵衛たちの影が揺れた。

大川に架かっている両国橋には大勢の人々が行き交っていた。

半兵衛は、半次と音次郎を伴って両国橋を渡り、本所竪川に架かる一つ目之橋に進んだ。そして、深川御舟蔵前町に向かった。

店仕舞いした茶店は、雨戸を閉めて静まり返っていた。

半兵衛、半次、音次郎は、茶店を窺った。

「音次郎、裏に廻って善吉がいるかどうか見て来な」

半次は命じた。

「合点です」

音次郎は、茶店の裏に続く路地に入って行った。

半兵衛と半次は見守った。

音次郎が戻って来た。

「善吉の野郎、二日酔いで鼾《いびき》を掻《か》いていますぜ……」

音次郎は、嘲笑を浮かべた。

「よし。締め上げるよ」

半兵衛は決めた。

「じゃあ、あっしは裏から踏み込みます」

半次は、裏手に続く路地に走った。

「音次郎、潜り戸を蹴破るよ」

「合点です」

音次郎は、茶店に近付いて潜り戸を蹴飛ばした。

潜り戸は、音を立てて外れて壊れた。


半兵衛と音次郎は、茶店の店土間に踏み込んだ。

奥から煩《うるさ》い鼾が聞こえていた。

「善吉の野郎、未だ寝ていやがる」

音次郎は呆れた。

「音次郎、手桶《ておけ》に水を汲《く》んで来い」

半兵衛は苦笑した。

「はい……」

半兵衛は、鼾の聞こえる奥に進んだ。

座敷では、善吉が蒲団《ふとん》の上に倒れ込むようにして鼾を掻いていた。

半兵衛は、寝穢《いぎたな》く眠る善吉を冷ややかに見下ろした。

半次が、裏から入って来た。

「故買屋の善吉ですかい……」

「ああ……」

「旦那、水を汲んで来ましたぜ」

音次郎は、水の入った手桶を持って来た。

「善吉に浴びせろ」

「はい……」

音次郎は、鼾を掻いて眠る善吉の顔に水を浴びせた。

善吉は驚き、眼を覚ました。

「眼が覚めたか……」

半兵衛は、寝惚《ねぼ》けている善吉の胸倉を摑んで平手打ちにした。

善吉は、悲鳴を上げて眼を瞠《みは》った。

「故買屋の善吉だな」

半兵衛は笑い掛けた。

「えっ……」

「惚《とぼ》けても、無駄だぜ」

半次は、十手を突き付けた。

「は、はい……」

善吉は、己の置かれた立場に気が付いて怯えを滲ませた。

「鍛金師の矢吉は何処にいる……」

半兵衛は尋ねた。

「し、知りません……」

善吉は首を捻った。

刹那《せつな》、半兵衛は善吉の頬を張り飛ばした。

善吉は倒れた。

半次と音次郎は、善吉を半兵衛の前に引き据えた。

「知らない奴が何故、十両で居場所を教えるなどと云ったのだ……」

「そ、それは……」

善吉は、恐怖に震えた。

「矢吉は何処だ……」

「だ、旦那……」

「今、正直に何もかも話せば強請集《ゆすりたか》りで済むが、惚けれは拐《かど》かしの罪で死罪だ。それで良いのだな」

半兵衛は、嘲《あざけ》りを浮かべた。

「五郎八の旦那です。矢吉を閉じ込めているのは五郎八です」

善吉は、必死に死罪を逃れようとした。

「五郎八だと……」

「はい。浅草山之宿町の今昔堂って骨董屋の旦那の五郎八です」

善吉は、嗄《しゃが》れ声を震わせた。

「ならば、五郎八は鍛金師の矢吉を何処に閉じ込めているのだ」

「分かりません……」

「分からない……」

半兵衛は眉をひそめた。

「はい。山之宿の今昔堂にはいないんですが、五郎八の旦那が他の何処かに矢吉を閉じ込めて、葵《あおい》の御紋《ごもん》入りの銀の香炉《こうろ》を作らせているのに間違いはないんです」

「他の何処かに心当たりは……」

「ありません……」

「善吉、此処で抗《あらが》い逃げようとしたので斬り棄てた事にしてもいいんだよ」

半兵衛は、善吉を冷たく見据えた。

「本当です。信じて下さい。本当です」

善吉は涙声になった。

所詮《しょせん》、善吉は骨董屋『今昔堂』五郎八の企みの尻馬《しりうま》に乗り、お零《こぼ》れを掠《かす》め取る狡猾な小悪党なのだ。

「ならば善吉。葵の御紋入りの銀の香炉とは何か教えて貰おうか……」

「は、はい。詳しくは知りませんが、何処かの御大身の旗本のお殿さまに頼まれた品物だそうです」

善吉は、涙声を必死に震わせた。

「善吉、嘘偽《うそいつわ》りではないな……」

半兵衛は、善吉に念を押した。

「はい。それはもう……」

善吉は、何度も頷いた。

「ならば、そいつを確かめる迄、大番屋に入っていて貰うよ」

半兵衛は冷笑を浮かべた。

善吉は、酔いも冷めたのか項垂《うなだ》れた。

半兵衛は、半次と音次郎に善吉を大番屋に引き立てるように命じ、浅草山之宿
町の骨董屋『今昔堂』に向かった。

隅田川に架かる吾妻橋は賑わっていた。

半兵衛は、深川から大川沿いを北本所に出て吾妻橋を渡った。そして、吾妻橋の西詰を北に曲がり、浅草山之宿町に進んだ。

骨董屋『今昔堂』には客もいなく、手代が暇そうな面持ちで店番をしていた。

半兵衛は、骨董屋『今昔堂』を窺った。

「半兵衛の旦那……」

勇次が現れた。

「おお。勇次、御苦労だね」

「いえ。こちらです」

勇次は、半兵衛を骨董屋『今昔堂』の斜向《はすむ》かいにある蕎麦屋に誘《いざな》った。

蕎麦屋の小座敷の窓からは、骨董屋『今昔堂』が見えた。

雲海坊は、窓辺に座って見張っていた。

「やあ。雲海坊……」

半兵衛が、勇次に誘われて入って来た。

「御苦労さまです。旦那、今の処、五郎八の野郎、動いちゃあいませんよ」

雲海坊は報せた。

「そうか……」

「で、善吉の野郎はどうしました」

「うん。何もかも白状したよ……」

半兵衛は、雲海坊と勇次に善吉の証言を教えた。

「じゃあ、旦那。五郎八の野郎をお縄にしますか……」

勇次は意気込んだ。

「いや。五郎八に下手な手出しをして矢吉の身に何かあっては拙《まず》い。先ずは矢吉の無事と居場所を見定めてからだ」

半兵衛は告げた。

「はい……」

勇次は頷いた。

「となると、五郎八が矢吉の処に行くのを待つしかありませんか……」

雲海坊は眉をひそめた。

「うん。或《あ》いは、五郎八の息の掛かっている処を割り出すか……」

半兵衛は苦笑した。

「こいつは、五郎八を見張るしかないようですね」

雲海坊は笑った。

「うん。ま、焦りは禁物だ」

半兵衛は頷いた。

「旦那、雲海坊の兄貴……」

半兵衛と雲海坊は、勇次のいる窓辺に素早く寄った。

骨董屋『今昔堂』に浪人が佇《たたず》み、辺りを見廻していた。

半兵衛、雲海坊、勇次は、窓から浪人を見守った。

浪人は、骨董屋『今昔堂』に入った。

「さあて、客じゃありませんね……」

雲海坊は眉をひそめた。

「うん。五郎八の一味なら今迄、何処にいたのかだな……」

半兵衛は読んだ。

「ええ……」

雲海坊は頷いた。

刻が過ぎた。

半兵衛、雲海坊、勇次は、浪人の出て来るのを待った。

浪人と手代が『今昔堂』から現れ、浅草広小路に向かった。

「旦那……」

雲海坊がどうするか尋ねた。

「よし。私が追う」

半兵衛は決めた。

「勇次、お供をしな」

「はい……」

勇次は、威勢良く立ち上がった。

半兵衛と勇次は、浅草広小路に向かう浪人と手代を追った。

浪人と手代は、浅草広小路の賑わいを抜けて蔵前の通りを浅草御門に向かった。

半兵衛と勇次は追った。

浪人と手代は、神田川に架かっている浅草御門を渡り、両国広小路を抜けた。

「何処に行くんですかね」

勇次は眉をひそめた。

「ひょっとしたら小舟町かもしれぬ……」

半兵衛は読んだ。

「小舟町ですか……」

勇次は、戸惑いを浮かべた。

「うん。小舟町には矢吉の家があり、女房のおたえと子供のおきよがいる」

「じゃあ、まさか……」

勇次は、緊張を滲ませた。

「ああ。そのまさかかもしれぬ……」

半兵衛は、厳しさを過《よ》ぎらせた。

浪人と手代は、浜町堀で町駕籠を雇って尚も進んだ。

「旦那……」

勇次は眉をひそめた。

「ああ。町駕籠を雇ったか……」

半兵衛は、浪人と手代の企みを読んで苦笑した。

浪人は手代に誘われ、雇った町駕籠を従えて東堀留川に向かった。

半兵衛と勇次は追った。

四

東堀留川の流れは澱《よど》み、鈍色《にびいろ》に輝いていた。

浪人と手代は、町駕籠を従えて東堀留川の傍を抜けて小舟町に入った。

半兵衛と勇次は追った。

浪人と手代は、矢吉の家がある路地の前の裏通りに来た。そして、町駕籠を待たせ、路地奥の矢吉の家に向かった。

半兵衛と勇次が追って現れ、路地奥の矢吉の家に走った。

おきよの泣き声が響いた。

手代が泣《な》き喚《わめ》くおきよを抱き、矢吉の家から出て来た。

半兵衛は襲い掛かった。

驚く手代を十手で殴り倒し、おきよを助けて勇次に渡した。

「おきよを、おきよを返して下さい……」

浪人が、追い縋るおたえを振り払いながら家から出て来た。

半兵衛が立ちはだかった。

浪人は怯んだ。

「白縫さま、おきよが……」

おたえは、必死に叫んだ。

「安心しな、おたえ。おきよは取り戻したよ」

半兵衛は、おたえに笑い掛けた。

「おきよ……」

おたえは、勇次に抱かれているおきよに気が付き、走った。

勇次は、おたえにおきよを渡した。

「さあて、おきよを拐かしてどうするつもりだったのかな……」

半兵衛は、浪人を厳しく見据えた。

「黙れ……」

浪人は、刀の鯉口《こいぐち》を切った。

「抜いたら、容赦しないよ」

半兵衛は、冷笑を浮かべた。

次の瞬間、浪人は半兵衛に抜き打ちの一刀を放った。

半兵衛は、僅かに退いて抜き打ちの一刀を躱《かわ》し、十手を投げ付けた。

十手は唸《うな》りを上げて飛び、浪人の顔面に激しく当たった。

浪人は、鼻血を飛ばして仰《の》け反《ぞ》った。

半兵衛は、浪人の刀を奪って投げを打った。

浪人は、地面に激しく叩き付けられた。

勇次が浪人に飛び掛かり、馬乗りになって捕り縄を打った。

「さあて、おきよを拐かしてどうするつもりだったのか教えて貰おうか……」

半兵衛は、浪人を厳しく見据えた。

浅草山之宿町の骨董屋『今昔堂』に客は滅多に訪れなかった。

善吉を大番屋に引き立てた半次と音次郎が現れ、骨董屋『今昔堂』を窺った。

斜向かいの蕎麦屋の小女が、半次と音次郎に駆け寄って何事かを告げた。

半次と音次郎は、小女に誘われて斜向かいの蕎麦屋に向かった。


「そうか。半兵衛の旦那、得体の知れぬ浪人を追ったか……」

半次は、雲海坊から半兵衛の動きを聞いた。

「ええ。勇次と一緒に……」

雲海坊は頷いた。

「親分、雲海坊さん……」

窓から『今昔堂』を見張っていた音次郎が、半次と雲海坊を呼んだ。

「どうした……」

「五郎八が出掛けます」

音次郎は、『今昔堂』から出掛ける五郎八を示した。

「よし、追うぜ……」

半次は立ち上がった。

骨董屋『今昔堂』主の五郎八は、浅草広小路に向かった。

半次、雲海坊、音次郎は、蕎麦屋を出て尾行を開始した。

五郎八は、浅草広小路に出て隅田川に架かっている吾妻橋に進んだ。

北本所か向島……。

半次、雲海坊、音次郎は、五郎八の行き先を読んだ。


隅田川に架かっている吾妻橋を渡ると北本所、肥後国熊本新田《ひごくまもとしんでん》藩江戸下屋敷の前に出る。

五郎八は、熊本新田藩江戸下屋敷前から水戸藩江戸下屋敷の方に進んだ。

「どうやら、行き先は向島ですね」

雲海坊は読んだ。

「うん。行き先に鍛金師の矢吉がいると良いんだが……」

半次は眉をひそめた。

「ええ……」

雲海坊は頷いた。

五郎八は、向島の土手道を北に進み、三囲《みめぐり》稲荷社や牛《うし》ノ御前《ごぜん》の前を通り、長《ちょう》命寺《めいじ》の手前にある小川沿いの田舎道に曲がった。

半次と雲海坊は追い、音次郎は長命寺門前の桜餅《さくらもち》で名高い茶店に走った。

田舎道は小川沿いに続いていた。

音次郎は、茶店から竹籠《たけかご》と菅笠を借り、百姓に扮《ふん》して五郎八を尾行た。

半次と雲海坊は、音次郎の後に続いた。

五郎八は、小川沿いの田舎道を進んで生垣に囲まれた大きな家に入った。

音次郎は見届けた。

「此処に入ったか……」

半次と雲海坊がやって来た。

「はい。料理屋のようですね」

音次郎は、大きな家を眺めた。

「構えはそんな風だが、何か違うな……」

半次は眉をひそめた。

「潰れた料理屋かもしれません。ちょいと聞き込んで来ます」

雲海坊は、緑の田畑で野良仕事をしている百姓の方へ向かった。

「よし、音次郎、此処で見張っていろ。俺は一廻りして来るぜ」

半次は、生垣に囲まれた料理屋の裏に廻って行った。


料理屋を囲んでいる生垣は、手入れが不十分なのか所々枯れていた。

半次は、枯れた生垣から料理屋を覗いた。

庭には雑草が伸び、奥にある母屋《おもや》の座敷は雨戸が閉められていた。

半次は、枯れた生垣の穴から料理屋に忍び込んだ。そして、庭を駆け抜け、母屋の縁の下に駆け込んだ。


縁の下には黴臭《かびくさ》さが漂い、鼠や虫の死骸があった。

半次は、頭上の母屋の様子を窺った。

微かな物音がし、足音が近付いて来た。

半次は緊張した。

足音は、半次の頭上を通り過ぎた。

半次は、足音を追って縁の下を進んだ。

足音は止まった。

「私だ……」

嗄れ声がした。

骨董屋『今昔堂』五郎八か……。

半次は睨んだ。

「旦那か……」

男の声がして、襖《ふすま》を開ける音が微かに聞こえた。

半次は、耳を澄ました。

「どうだ……」

「未だ、その気にならねえようだ」

男の嘲笑の混じった声がした。

「矢吉、お前がさっさと仕事をしなけりゃあ、可愛い娘が酷い目に遭うんだぜ」

「五郎八の旦那、おきよやおたえには手を出さないでくれ」

男の悲痛な声がした。

「手を出されたくなければ、云われた通りにさっさと写しを作れば良いんだぜ」

「わ、分かった……」

五郎八は、云われた通りに写しを作らない矢吉に業《ごう》を煮やし、女房のおたえと子供のおきよを脅しの道具にしようとしている。

半次は読んだ。


「汚ねえ真似をしやがる……」

音次郎は、怒りを露《あら》わにした。

「で、半次の親分、矢吉は此の潰れた料理屋に閉じ込められているんですね」

雲海坊は、五郎八の入った家が既に潰れた料理屋だと突き止めて来ていた。

「ああ。何人か分からないが、見張りがいる」

「迂闊《うかつ》に踏み込めないか……」

雲海坊は眉をひそめた。

「ああ……」

半次は頷いた。

「それにしても親分。五郎八の野郎、おたえさんとおきよちゃんを狙っています。どうします」

音次郎は苛立《いらだ》った。

「音次郎。五郎八の手下がおたえさんとおきよちゃんを捕らえた処で、矢吉の許に連れて来なければならねえ。その時だ……」

半次は、音次郎を落ち着かせた。

「はい……」

音次郎は頷いた。

「半次の親分……」

雲海坊が、向島の土手道を示した。

半兵衛と勇次が、向島の土手道から足早にやって来た。

「半兵衛の旦那……」

半次は、安堵を浮かべた。


半兵衛、半次、音次郎、雲海坊、勇次は、小川の土手の陰に身を潜めた。

「じゃあ旦那。あの浪人と手代、矢吉さんの女房子供を拐かしに行ったんですか……」

雲海坊は眉をひそめた。

「うん。それで浪人と手代を捕り押さえてね。骨董屋今昔堂五郎八が鍛金師の矢吉を拉致《らち》し、此の向島の潰れた料理屋で無理矢理に葵の御紋入りの銀の香炉の写しを作らせようとしているのを白状させたよ。で、勇次と急いで来たって訳だ」

半兵衛は笑った。

「そうでしたか。安心しろ、音次郎……」

半次は、音次郎に笑い掛けた。

「はい……」

音次郎は、嬉しげに頷いた。

「して、此の潰れた料理屋に矢吉はいるのだな……」

半兵衛は、潰れた料理屋を眺めた。

「はい。矢吉と五郎八、それから見張りの野郎が何人かいるようです」

半次は眉をひそめた。

「捕らえた浪人が白状した処によれば、見張りは浪人一人と遊び人が一人の二人だ」

半兵衛は告げた。

「じゃあ、五郎八を入れて三人……」

雲海坊は笑った。

「おそらく、そんな処だな……」

半兵衛は頷いた。

「で、どうします」

音次郎は、身を乗り出した。

「うん。私は音次郎や勇次と表から行き、五郎八たちを引き付ける。半次と雲海坊は裏から踏み込み、矢吉を助け出してくれ」

半兵衛は手筈を決めた。

「分かりました。じゃあ、雲海坊……」

「承知……」

雲海坊は、錫杖《しゃくじょう》を握り直して半次と潰れた料理屋の裏手に廻った。

「よし。じゃあ、行くよ。勇次、音次郎……」

「合点です」

勇次と音次郎は、潰れた料理屋に向かう半兵衛に続いた。

潰れた料理屋は静かだった。

半兵衛は、格子戸を開けた。

格子戸は軽やかに開いた。

「行くよ……」

半兵衛は、料理屋に踏み込んだ。

音次郎と勇次が続いた。


半兵衛は、半次から聞いた矢吉の閉じ込められている処を奥の座敷と睨み、廊下の奥に進んだ。

「餓鬼《がき》を連れて来たかい、北村《きたむら》の旦那……」

五郎八が居間から出て来た。

「おう。五郎八、北村はお縄にしたよ」

半兵衛は笑った。

「し、島田《しまだ》の旦那……」

五郎八は驚き、叫んだ。

「どうした……」

髭面《ひげづら》の浪人が、奥の座敷から出て来た。

「矢吉はそこか。退《ど》け……」

半兵衛は、五郎八を十手で殴り飛ばした。

五郎八は、悲鳴を上げて障子と共に居間に倒れ込んだ。

音次郎と勇次が飛び掛かり、倒れた五郎八を殴って捕り縄を打った。

「お、おのれ……」

髭面の浪人は狼狽《うろた》え、狭い廊下で刀を抜いて半兵衛に斬り掛かった。

次の瞬間、刀は廊下の壁に食い込んだ。

髭面の浪人は慌てた。

刹那、半兵衛は十手を髭面の浪人の右肩に叩き込んだ。

骨の折れる乾いた音が鳴り、髭面の浪人は刀を落として崩れた。

勇次と音次郎は、容赦なく髭面の浪人を叩きのめした。

半兵衛は奥座敷に進んだ。


奥座敷の障子が蹴倒され、半次と雲海坊が踏み込んだ。

若い遊び人と鍛金師の矢吉は驚いた。

「な、何だ手前ら……」

若い遊び人は激しく狼狽え、匕首《あいくち》を抜いた。

雲海坊が錫杖を振るった。

甲高《かんだか》い音が鳴り、匕首が弾き飛ばされた。

「神妙にしな……」

雲海坊は、逃げる若い遊び人の背を錫杖で突き飛ばした。

若い遊び人は前のめりになり、襖ごと激しく倒れ込んだ。

半次は、座敷の隅で身を縮めている矢吉に近付いた。

「鍛金師の矢吉さんだね」

半次は念を押した。

「は、はい……」

矢吉は頷いた。

「やあ。片付いたかい……」

半兵衛が入って来た。

「はい。旦那、鍛金師の矢吉さんです」

半次は、矢吉を半兵衛に引き合わせた。

「やあ。矢吉。私は北町奉行所の白縫半兵衛。おたえさんとおきよちゃんが待っている。さあ、家に帰ろう」

半兵衛は微笑んだ。

「は、はい。ありがとうございます」

矢吉は、涙を零《こぼ》して礼を云った。


「出来《でか》した半兵衛。流石《さすが》だな……」

大久保忠左衛門は、細い首の筋を伸ばして喜んだ。

「いえ。それ程でも。ま、矢吉を無事におたえとおきよの許に帰す事が出来て何より……」

半兵衛は笑った。

「うむ。半兵衛、良くやってくれた。此の通り、礼を申す」

忠左衛門は、半兵衛に深々と頭を下げた。

「いえ……」

「それにしても、骨董屋今昔堂五郎八、許せぬ小悪党。厳しく仕置してくれる」

忠左衛門は、五郎八、善吉、島田と北村たち浪人に対し、細い首の筋を引き攣らせて怒りを露わにした。

半兵衛は、五郎八を大番屋の詮議場《せんぎじょう》で厳しく取り調べた。

五郎八は自供した。

二年前、三味線堀に屋敷を構える三千石の旗本水谷織部は、先祖が将軍家から拝領した葵の御紋入りの銀の香炉を盗賊に盗まれた。

骨董屋『今昔堂』主の五郎八は、葵の御紋入りの銀の香炉を故買屋から手に入れた。そして、水谷織部に葵の御紋入りの銀の香炉が手に入りそうだと告げた。

水谷織部は、取り戻せれば金は幾らでも払うと喜んだ。

狡猾な五郎八は、葵の御紋入りの銀の香炉の写しを作り、水谷織部に百両で売る事にした。そして、腕の良い鍛金師の矢吉に写しを作るように頼んだ。

矢吉は、写しの背後に潜む五郎八の企みに気が付いて断わった。

五郎八は、矢吉を拉致して向島の潰れた料理屋に閉じ込め、葵の御紋入りの銀の香炉を作るように命じた。

だが、矢吉は必死に抗《あらが》ったのだ。


「おのれ、小悪党の五郎八。矢吉とおたえ、おきよ親子を苦しめおって……」

大久保忠左衛門は、五郎八を死罪、善吉と北村、島田の浪人たちを遠島の刑に処した。

鍛金師の矢吉は仕事に励み、女房のおたえや子供のおきよと静かな暮らしを続けた。

忠左衛門と半兵衛は、五郎八の手許にあった葵の御紋入りの銀の香炉を押収し、旗本水谷織部に報せた。しかし、水谷織部は葵の御紋入りの銀の香炉を知らぬと、返事して来た。

将軍家拝領の品を盗賊に盗まれたと、公儀や世間に知られるのを恐れての事だった。

「ならば良い……」

忠左衛門は、葵の御紋入りの銀の香炉を北町奉行所の預かりにした。

旗本の水谷織部は、盗賊に押し込まれた家の恥を公儀に知られ、将軍家拝領の葵の御紋入りの銀の香炉を奪われたお咎めを受けるのを恐れた。

「旗本水谷織部の公儀への恐れが、今度の事件を引き起こしたのだ」

半兵衛は読んだ。

「それにしても旦那、大久保さまとおたえさんの祖母さまとは、昔、どんな拘わりだったたんですかねえ」

半次は眉をひそめた。

「半次、そいつには、触れぬ方が良い……」

半兵衛は、首を横に振った。

「やはり……」

半次は苦笑した。

「じゃあ旦那、知らん顔ですか……」

音次郎は、半兵衛の腹の内を読んだ。

「ああ。何と云っても相手は大久保忠左衛門さまだ。私たちが下手に知るより、知らん顔を決め込んだ方が無難だろうな……」

半兵衛は苦笑した。


今度も知らぬ顔の半兵衛だ……。

この作品は双葉文庫のために書き下ろされました。

双葉文庫

ふ-16-56

新《しん》・知《し》らぬが半兵衛手控帖《はんべえてびかえちよう》

天眼通《てんがんつう》

2021年10月17日　第1刷発行

【著者】
藤井邦夫《ふじいくにお》

【発行者】
箕浦克史
【発行所】
株式会社双葉社
〒162-8540 東京都新宿区東五軒町3番28号
［電話］03-5261-4818（営業部）　03-5261-4833（編集部）
www.futabasha.co.jp（双葉社の書籍・コミックが買えます）
【印刷所】
中央精版印刷株式会社
【製本所】
中央精版印刷株式会社

【フォーマット・デザイン】
日下潤一



ISBN978-4-575-67076-9 C0193
Printed in Japan

藤井邦夫
知らぬが半兵衛手控帖
姿見橋
長編時代小説
〈書き下ろし〉
「世の中には知らん顔をした方が良いことがある」と嘯く、北町奉行所臨時廻り同心白縫半兵衛が見せる人情裁き。シリーズ第一弾。

藤井邦夫
知らぬが半兵衛手控帖
投《な》げ文《ぶみ》
長編時代小説
〈書き下ろし〉
かどわかされた呉服商の行方を追ううちに浮かび上がる身内の思惑。北町奉行所臨時廻り同心白縫半兵衛が見せる人情裁き。シリーズ第二弾。

藤井邦夫
知らぬが半兵衛手控帖
半化粧《はんげしょう》
長編時代小説
〈書き下ろし〉
鎌倉河岸で大工の留吉を殺したのは、手練れの辻斬りと思われた。探索を命じられた半兵衛の前に女が現れる。好評シリーズ第三弾。

藤井邦夫
知らぬが半兵衛手控帖
辻斬り
長編時代小説
〈書き下ろし〉
神田三河町で金貸しの夫婦が殺され、自供をもとに取り立て屋のおときが捕縛されたが、不審なものを感じた半兵衛は……。シリーズ第四弾。

藤井邦夫
知らぬが半兵衛手控帖
乱れ華《ばな》
長編時代小説
〈書き下ろし〉
凶賊・土蜘蛛の儀平に裏をかかれた北町奉行所臨時廻り同心・白縫半兵衛は内通者がいると睨んで一か八かの賭けに出る。シリーズ第五弾。

藤井邦夫
知らぬが半兵衛手控帖
通《かよ》い妻
長編時代小説
〈書き下ろし〉
瀬戸物屋の主が何者かに殺された。目撃証言から、ある女に目星をつけた半兵衛だったが、その女は訳ありの様子で……。シリーズ第六弾。

藤井邦夫
知らぬが半兵衛手控帖
籠《かご》の鳥
長編時代小説
〈書き下ろし〉
北町奉行所臨時廻り同心の白縫半兵衛は、鎌倉河岸近くで身投げしようとしていた女を助けたのだが……。好評シリーズ第七弾。

藤井邦夫

知らぬが半兵衛手控帖

離縁状

長編時代小説〈書き下ろし〉

音羽に店を構える玩具屋の娘が殺された。白縫半兵衛は探索にかかるが、事件は思いもよらぬ方へころがりはじめる。好評シリーズ第八弾。

藤井邦夫

知らぬが半兵衛手控帖

捕違《とりちが》い

長編時代小説〈書き下ろし〉

本所竪川沿いの空き家から火の手があがり、付近で酔いつぶれていた男が付け火の罪で捕縛されたのだが……。好評シリーズ第九弾。

藤井邦夫

知らぬが半兵衛手控帖

無縁坂

長編時代小説〈書き下ろし〉

北町奉行所与力・松岡兵庫の妻女が行方知れずになった。捜索に乗り出した半兵衛の前に浪人者の影がちらつき始める。好評シリーズ第十弾。

藤井邦夫

知らぬが半兵衛手控帖

雪見酒

長編時代小説〈書き下ろし〉

大身旗本の本多家を逐電した女中探しを命じられ、不承不承探索を始めた白縫半兵衛だったが、本多家の用人の話に不審を抱く。

藤井邦夫

知らぬが半兵衛手控帖

迷い猫

長編時代小説〈書き下ろし〉

行方知れずだった鍵役同心が死体で発見された。遺体を検分した同心白縫半兵衛は、着物の裾から猫の爪を発見する。シリーズ第十二弾。

藤井邦夫

知らぬが半兵衛手控帖

秋日和

長編時代小説〈書き下ろし〉

赤坂御門傍の溜池脇で男が滅多刺しにされて殺された。半兵衛は、男が昔、中村座の大部屋役者をしていた女衒の栄吉だと突き止める。

藤井邦夫

知らぬが半兵衛手控帖

詫び状

長編時代小説〈書き下ろし〉

白昼、泥酔し刀を振りかざした浅葱裏を一刀のもとに斬り倒した浪人がいた。半兵衛は、田宮流抜刀術の同門とおぼしき男に興味を抱く。

藤井邦夫

賞金首

日溜り勘兵衛　極意帖

時代小説〈書き下ろし〉

米の値上げ騒ぎで大儲けした米問屋の金蔵に目をつけ様子を窺っていた勘兵衛は、一人の荷揚げ人足の不審な行動に気付き尾行を開始する。

藤井邦夫

偽者始末

日溜り勘兵衛　極意帖

時代小説〈書き下ろし〉

盗賊〝眠り猫〟の名を騙り押し込みを働く盗賊が現れた。偽盗賊の狙いは何なのか⁉ 正体を追う勘兵衛らが繰り広げる息詰まる攻防戦！

藤井邦夫

亡八《ぼうはち》仕置

日溜り勘兵衛　極意帖

時代小説〈書き下ろし〉

千住宿の岡場所から逃げ出した娘を匿った〝眠り猫〟の勘兵衛は、その背後に女を喰い物にする女郎屋と悪辣な女衒の影を察するが……。

藤井邦夫

盗賊狩り

日溜り勘兵衛　極意帖

時代小説〈書き下ろし〉

矢崎采女正が火付盗賊改方に就いて以来、立て続けに盗賊一味が捕縛された。〝眠り猫〟の勘兵衛は探索の裏側に潜む何かを探ろうと動く。

藤井邦夫

贋金作り

日溜り勘兵衛　極意帖

時代小説〈書き下ろし〉

両替商「菱屋」の金蔵から帯封のされた贋金二百両を盗み出した眠り猫の勘兵衛は、贋小判鋳造の背景を暴こうと動き出す。

藤井邦夫

盗賊の首

日溜り勘兵衛　極意帖

時代小説〈書き下ろし〉

盗人稼業から足を洗った「仏の宗平」が火盗改の矢崎采女正に斬り殺された。矢崎は宗平の首を使い、かつての仲間を誘き出そうとするが。

藤井邦夫

冬の螢

日溜り勘兵衛　極意帖

時代小説〈書き下ろし〉

旗本本田家周辺を嗅ぎ回る浪人榎本平四郎。無外流の遣い手でもある平四郎の狙いは一体何なのか？　盗賊眠り猫の勘兵衛が動き出す。

藤井邦夫
日溜り勘兵衛　極意帖
押《お》込《しこ》み始末
時代小説〈書き下ろし〉
老舗呉服屋越前屋に狙いを定めた勘兵衛。だがその押し込みをきっかけに大藩を向こうに回す攻防に発展する。人気シリーズ興奮の最終巻！

---

藤井邦夫
結城半蔵事件始末〈一〉
不忠者
時代小説
奥州上関藩に燻る内紛の火種を嗅ぎつけた南町奉行所与力結城半蔵。直心影流の剣が悪を斬る時代小説第一弾。装い新たに五カ月連続刊行！

---

藤井邦夫
結城半蔵事件始末〈二〉
御法度
時代小説
南町与力結城半蔵と交流のある飾り結び職人のおゆみ。そのおゆみと同じ長屋に住む浪人夫婦を狙う二人の胡乱な侍が現れた。

---

藤井邦夫
結城半蔵事件始末〈三〉
追跡者
時代小説
脱藩した男を討つよう主命を受けた勝岡藩士を藩の目付衆が付け回していた。結城半蔵は、その上意討ちの裏に隠された真相を探り始める。

---

藤井邦夫
結城半蔵事件始末〈四〉
濡れ衣
時代小説
京橋の大店「角屋」の倅が勾引された。手代の証言から、矢崎新兵衛という浪人者が捕らえられたが、結城半蔵は矢崎の無実を確信し……。

---

藤井邦夫
結城半蔵事件始末〈五〉
無宿者
時代小説
茶問屋を勘当され無宿人となった平七が肥後国岩倉藩大沢家の下屋敷を見張っていた。その理由を探るべく、結城半蔵らが探索を開始する。

---

藤井邦夫
新・知らぬが半兵衛手控帖
曼珠沙華《まんじゅしゃげ》
時代小説〈書き下ろし〉
藤井邦夫の人気を決定づけた大好評の「知らぬが半兵衛手控帖」シリーズ。その続編が4年ぶりに書き下ろし新シリーズとしてスタート！

藤井邦夫

新・知らぬが半兵衛手控帖

思案橋《しあんばし》

時代小説〈書き下ろし〉

楓川に架かる新場橋傍で博奕打ちの猪之吉が死体で発見された。探索を始めた半兵衛の前に猪之吉の情婦の家の様子を窺う浪人が姿を現す。

藤井邦夫

新・知らぬが半兵衛手控帖

緋牡丹《ひぼたん》

時代小説〈書き下ろし〉

奉公先で殺しの相談を聞いたと、見知らぬ娘が半兵衛を頼ってきた。五年前に死んだ鶴次郎の半纏を持って……。大好評シリーズ第三弾！

藤井邦夫

新・知らぬが半兵衛手控帖

名無《なな》し

時代小説〈書き下ろし〉

殺しの現場を見つめる素性の知れぬ老人。後を追った半兵衛に権兵衛と名乗った老爺は何を隠しているのか。大好評シリーズ待望の第四弾！

藤井邦夫

新・知らぬが半兵衛手控帖

片えくぼ

時代小説〈書き下ろし〉

音次郎が幼馴染みのおしんを捜すと、おしんは思わぬ事件に巻き込まれていた……。粋な人情裁きがますます冴える、シリーズ第五弾！

藤井邦夫

新・知らぬが半兵衛手控帖

狐の嫁入り

時代小説〈書き下ろし〉

行方知れずだった薬種問屋の若旦那が嫁を連れて帰ってきた。その嫁、ゆりに不審な動きが。知らん顔がかっこいい、痛快な人情裁き！

藤井邦夫

新・知らぬが半兵衛手控帖

隠居の初恋

時代小説〈書き下ろし〉

吟味方与力・大久保忠左衛門の友垣が年甲斐もなく、後家に懸想しているかもしれない。連れ立って歩く二人を白縫半兵衛が尾行ると……。

藤井邦夫

新・知らぬが半兵衛手控帖

戯《たわ》け者

時代小説〈書き下ろし〉

昼間から金貸し、女郎屋、賭場をめぐる旗本の部屋住みの、絵に描いたような戯け者を尾行た半兵衛たちは、その隠された意図を知る。

藤井邦夫
新・知らぬが半兵衛手控帖
招き猫
時代小説〈書き下ろし〉
ある晩、古い茶店に何者かが忍び込み、床下に大きな穴を掘っていった。何も盗まず茶店を後にした者の目的とは⁉ 人気シリーズ第九弾。

藤井邦夫
新・知らぬが半兵衛手控帖
再縁話
時代小説〈書き下ろし〉
臨時廻り同心の白縫半兵衛に、老舗茶道具屋の出戻り娘との再縁話が持ち上がった。だが、その茶道具屋の様子を窺う男が現れ……。

藤井邦夫
新・知らぬが半兵衛手控帖
古傷痕《ふるきず》
時代小説〈書き下ろし〉
顔に古傷のある男を捜す粋な形の年増女。湯島天神の奇縁氷人石に託したその想いとは⁉ 人気時代小説、シリーズ第十一弾。

藤井邦夫
新・知らぬが半兵衛手控帖
一周忌
時代小説〈書き下ろし〉
愚か者と評判の旗本の倅・北島右京が姿を消した。さらに右京と連んでいた輩の周辺には総髪の浪人の影が……。人気シリーズ第十二弾。

藤井邦夫
新・知らぬが半兵衛手控帖
偽坊主
時代小説〈書き下ろし〉
質屋や金貸しの店先で御布施を貰うまで経を読み続ける托鉢坊主。怒鳴られても読経をやめぬ坊主の真の狙いは？ 人気シリーズ第十三弾。

藤井邦夫
新・知らぬが半兵衛手控帖
天眼通《てんがんつう》
時代小説〈書き下ろし〉
先の事を見透す不思議な力を持つと噂の子守娘のおたま。ある時、奉公先の隠居が侍に斬られるところを見たと町奉行所に駆け込んで来た！

藤井邦夫
歳三の首
長編歴史
エンターテインメント
箱館戦争の最中、五稜郭付近で銃弾に斃れた土方歳三。その亡骸をめぐり新政府弾正台と元新撰組隊士永倉新八の息詰まる攻防戦が始まる！